KOTITALO

Timo Palonen

KOTITALO

Talvipäivänseisaus

© 2021 Palonen, Timo
Kustantaja: BoD – Books on Demand, Helsinki, Suomi
Valmistaja: BoD – Books on Demand, Norderstedt, Saksa
ISBN: 978-952-80-4618-9

Kuolema

Mikään ei koskaan muutu, ei ikinä. Mitä enemmän asiat muka muuttuvat, sitä enemmän ne kumminkin pysyvät samoina. Vaikka olin jo vuosia sitten muuttanut maalta kaupunkiin työn ja naisen perässä ja vaikka siellä tuntuu, että kaikki liikkuu nopeasti ja muuttuu vielä nopeammin, niin viimeistään kun palaa kotikyläänsä ja ajaa elokuun ensimmäisenä päivänä kohti synnyinkotiaan, toteaa, "jassoo, aivan samanlaista kuin 80-luvulla". Ei puuttunut kuin kasetti auton stereoissa jossa alku vouvaa venymisen takia.

Ajaessani lämpimässä ilmassa hiekkaista ja kiharaista, pölyvana pitkänä perässä sumentaen takalasin, yritin muistella, koska olin viimeksi käynyt isääni katsomassa. Useana jouluna ja vielä useampana syntymäpäivänään olin kuitannut vierailun puhelinsoitolla ja nyt en enää ollut edes varma, koska olin täällä viimeksi käynyt. Vielä vaikeampaa oli muistaa, missä väleissä olimme silloin joskus eronneet. Viileissä todennäköisesti. Viileät olivat välimme olleet aina äitini kuolemasta lähtien. Puhelinkeskustelutkin olivat olleet aika vaivaantuneita ja pitkiä hiljaisia hetkiä sisältäviä. Ei ollut mitään sanottavaa saatika kysyttävää.

Nyt isäni oli kuollut, mennyt vuosia aiemmin kuolleen äitini perässä. En uskonut, että he nyt istuisivat sulassa sovussa pilven reunalla, mutta ajatus moisesta kyllä tuntui lohduttavalta. En myöskään uskonut, että he tulisivat rauhassa vierekkäin haudassa makaamaan, kyllä siellä tulisi aika pyöriminen käymään. En saanut mieleeni, millaisen hautauksen isäni oli halunnut. Ei siitäkään taidettu koskaan puhua. Arvelin, että polttohautaus, sama kuin äidilleni. Silloin ei paljoa kyllä pyörittäisi.

Kotikyläni nimismies oli soittanut minulle noin viikko sitten, kakistellen ja takellellen, mutta viimein sanat järjestykseen saaden. "Ei, en tiennyt, että isälläni oli sydänvika ja korkea verenpaine, kyllä, täydellinen yllätys, kyllä, tulen mahdollisimman pian".

En ollut myöskään tiennyt, että isälläni oli kännykkä. Saatika, että hän oli pistänyt minut sinne etuliitteellä ICE. Olin luullut, että isäni ainoa kommunikointiväline oli lankapuhelin. Siihen minä aina olin soittanut.

Puhelun jälkeen istuin tuijottaen toimistokuutioni vastapäistä seinää. Yritin koota ajatuksiani ja selvitellä mitä tuntea, mitä tehdä, tuijottamalla firman joululahjaksi antamaa maisemavalokuvakalenteria, josta olin sitkeästi päivä kerrallaan ruksinut ylitse käytetyt päivät. Sain siitä lievää tyydytystä joka aamu, ajatellessani, että "taas yksi päivä lähempänä eläkettä". Tosin en uskonut, että eläkeikään selviäisin. En elänyt terveellisesti. Liikaa tupakkaa ja kovia rasvoja ja valmisaterioita. Yksi synkimmistä ajatuksistani oli kuolla työpaikalleni, kuutiooni, muumioitua sinne, eikä kukaan ei huomaisi. Siivoja kävisi katsomassa ja ihmettelemässä, miksi paperikoriini ei paperia kertyisi, mutta ei hänkään kysyisi, miksi minulla oli niin paljon töitä, että en kotiin lähtenyt, niin kuin muut.

"Siellä se istui, katse tiukasti näppäimistössä" sanoisi siivooja vuosiakin myöhemmin. "Tärkeä herra kun oli, kravatti ja pikkutakki ja kaikki".

Joku ohi kulkiessaan sitten kysyi "hei, mikäs sulla?" havahduttaen minut. "Ei mitään, isäni kuoli." vastasin noustessani, ottaessani kesäpikkutakkini ja marssiessani esimieheni huoneeseen ilmoittamaan, että lähtisin käymään lääkärissä hakemassa sairaslomaa. Kokemuksesta tiesin, että läheisen perheen jäsenen kuolemantapauksessa sellaista saa vähintään kuukauden. Kuten tavallista, ei esimiehelläni ollut mitään sanottavaa, ei edes osaa ottanut, katsoi vain kalenteriaan ja rypisteli kulmiaan. En jäänyt odottamaan vastausta, lähdin ja sammutin kännykkäni.

***

Pääsin firman työterveysasemalla heti sisälle. Kieltäydyin lääkärin tarjoamista unilääkkeistä. Otin kuitenkin vastaan terapeutin käyntikortin, vaikka tiesin, että en sinne aikaa varaisi. Isäni kuolema oli kuitenkin ollut tulossa jo vuosia, en elätellyt toiveita, että hänkään ikuisesti olisi elänyt.

Pyysin, että lääkäri soittaisi sairaslomani pituuden esimiehelleni, sillä "en minä nyt oikein jaksaisi hänen kanssaan puhua", valehtelin. Lääkäri lupasi soittaa.

Ajelin unisen ja hiljaisen kaupungin läpi kotiini. Kotimainen lomakausi oli kääntymässä loppua kohden, mutta ulkomailla vasta aluillaan, kaduilla näkyi useita ihmisiä kartat käsissään, katselemassa. Ihmettelin, jälleen kerran, miksi kukaan haluasi tulla tähän kaupunkiin. Yksi katu, käänny vasemmalle ja olet jo laitakaupungissa. Ilmeisesti matkailunedistämiskeskus teki hyvää työtä, sillä paljon turisteja kaupungissa kävi. Katselemassa ja ihmettelemässä. Patsaita ja muutamia museoita, asioista jotka näkisi netissäkin, mutta olisi vain hienompi nähdä paikan päällä.

Lomillani pyrin aina pakenemaan pois tästä kaupungista. Ehkä kohdekaupungeissani ihmiset ihmettelivät minusta aivan samaa.

Koska lomavieraat harvemmin ajoivat autolla ja kotimaiset ihmiset olivat jo sorviensa ääreen palanneet, pääsin sujuvasti siellä liikkumaan.

Kotiin tultuani istahdin suoraan sohvalle ja yritin itkeä, ihan vain sen takia, että se kuuluu asiaan. Itkeä, kun isä on kuollut. Kyyneleet eivät vain tulleet, tuli huono omatunto. En osannut itkeä isääni. Muistin kuitenkin äitiä itkeneeni, mutta silloin olin paljon nuorempi, vaikka äidin kuolema oli ollut tulossa huomattavasti kauemmin kuin isäni.

Istuin kengät jalassa ja kesäpikkutakki päällä sohvalla ja tuijotin pimeää televisiotani ja kuuntelin hiljaista kerrostaloa ympärilläni.

Istumiseni loppui tupakkataukoon parvekkeella. Parkkipaikalla joku vaihtoi autoonsa tuulilasin pyyhkimiä.

Mietin, että olisiko minulla joku, jolle soittaa ja kertoa uutiset. En keksinyt ketään.

Toivoin, että vaimoni olisi ollut kotona. Mutta hän oli poistunut elämästäni muutamaa kuukautta aikaisemmin enkä ollut häneen sen jälkeen pitänyt yhteyttä. Eikä hän minuunkaan.

Nyt toivoin, jälleen kerran, että asiat olisivat liikkuneet toisin, että olisimme vielä yhdessä. Että hän olisi paikalla ja säälisi ja olisi surullinen, että en olisi niin yksin.

En kuitenkaan ollut varma, että toivoinko lohdutusta ja sääliä, vai ikävöinkö vain vaimoani.

Avioero

En ollut huomannut ollenkaan, että vaimoni oli muuttunut tyytymättömäksi suhteeseemme.

Olin kyllä tietoinen siitä, että meillä oli ongelmia, mutta olin toivonut, että vaimoni sopeutuisi niihin, kuten itse olin.

Mutta eräänä talven kylmimmistä päivistä istuessamme parvekkeella tupakalla ja kahvilla, hän oli rikkonut hiljaisuutensa ja ilmoittanut, että ei jaksanut enää. Hän halusi, että eroaisimme, yrittäisimme löytää oman onnemme jostain muualta kuin toisistamme.

Olin ollut tukehtua kahviini, sitä purskahti sieraimistani paidalleni. Hyvä, ettei kuitenkaan talvitakille joka oli päälläni. Se olisi pitänyt käydä pesettämässä ja sitten minulla ei olisi ollut talvitakkia päälle pantavaksi.

Yritin peittää hämmentyneisyyteni pyyhkimällä kasvoja ja paitaani, mutta tiesin, että jossain vaiheessa minun olisi katsottava vaimoani ja kohdattava tilanne. Tunsin, että vaimoni katsoi minua, odottaen.

Minulla ei ollut mitään sanottavaa, pääni oli aivan tyhjä.

Tai jos ei tyhjä, niin ajatuksia sinkoili kallossani, kimpoillen ja törmäillen, mutta ei asettuen jonoon, että saisin niistä otteen.

Kohtasin vaimoni katseen.

"Eikö sulla ole todellakaan mitään sanottavaa?" hän kysyi.

"Mut.... mä rakastan sua, emmä halua erota"

Vaimoni ei heti vastannut.

"En jaksa näinkään jatkaa" hän viimein sanoi.

***

Vaimoni otti avioeromme hoitaakseen. Hän toi minulle allekirjoitettavaksi tarvittavat paperit, hän toimitti valmiit paperit eteenpäin. Itse allekirjoitin mitä piti ja olin vaiti, katsellen hänen toimiaan sivusta, kokoajan toivoen, että hän muuttaisi mielensä.

Olin yllättynyt, kuinka vähillä papereilla yhteinen taipaleemme loppui, kuinka lyhyesti asiat piti ilmoittaa virallisille tahoille.

Eromme oli sopuisa. Tajusin, että jos vaimoni ei halua elää kanssani, ei minulla ole siihen mitään sanottavaa, en minä voi häntä pakottaa kanssani olemaan. Olin kyllä yrittänyt korjata tilanteen, mutta tilanne oli hänen mukaansa jo korjauksen tuolla puolen. Ehdottin, että hankkisimme apua, neuvoja, jostain, mutta hänen mielestään se oli turhaa ja kaikki oli jo menetetty. Olin asiasta erimieltä, vaikka halusin, vaikka toivoin, niin ei hän mieltään enää muuttanut.

Harkinta-aikana vaimoni löysi itselleen uuden asunnon. Olimme sopineet, että minä jään nykyiseen asuntoon ja hän lähtee. Siitä olin kiitollinen, että hän ei halunnut minun lunastavan rahalla itseään asuntovelastamme pois, hänelle riitti, että kävimme pankissa siirtämässä koko velkasaldon nimiini.

Töissä en asiasta mitään kertonut kellekään, mielestäni se ei kenellekään siellä kuulunut. En tiennyt kenelle kaikille vaimoni asiasta ilmoitti, vanhemmilleen nyt ainakin. Yhteisille ja omille ystävillemme asiasta kerroimme ja heidän järkytyksensä jaoimme. Otimme vastaan valittelut ja kuuntelimme neuvoja tulevaisuuteen. "Ei kumminkaan lopeteta yhteydenpitoa teihin kumpaankaan." taisi olla yleisin lause, jonka kuulin. Emme kumpikaan osanneet sanoa mitään järjellistä vastaan, vaikka kaikki tiesimme aikuisina ihmisinä, että niin ei tulisi käymään. Vaimoni meistä oli sosiaalisempi ja uskoin jo silloin, että hän tulisi yhteiset ystävämme saamaan niiden tavaroiden kanssa, jotka hän mukaansa otti.

Sormuksen otin yhtenä yksinäisenä päivänä sormestani. Katselin sitä keittiön pöydän ääressä istuen.

Naarmuuntunut se oli, pikkaisen soikeakin. Muistin, kuinka olimme yhdessä käyneet sormukset valitsemassa, kuinka rakastunut olin ollut ja kuinka onnellinen olin ollut. Laskin sormuksen pöydälle ja katselin sitä. Se näytti yksinäiseltä ja surulliselta. Koitin tuota yksinäistä näkyä helpottaa asettamalla sormuksen viereen suolasirottimen, mutta ei se auttanut. Pahalta se edelleen näytti, lopulliselta.

Kaivoin takataskustani lompakon ja pistin sormuksen kolikko-osastoon. Samassa osastossa oli jotain pieniä muistoja muutenkin yhteiseltä taipaleeltamme, kolikkoja pidin housujen taskussa. Ravistin lompakkoani ja kuulin, kuinka sormus kilahteli hiljaa siellä olevia pikkuesineitä vasten. Olin jostain avioeroprosessin alkaessa lukenut, että jopa avioerolla on oma suojeluspyhimyksensä, Pyhä Fabiola. Hiljaa mielessäni sanoin kiitoksen hänelle, että oli talvi, Sormessani ei ollut näkyvää rusketusraitaa. Nyt siinä oli vain lievästi vaaleampi painauma.

Nukkumapaikkani olin aviovuoteesta siirtänyt olohuoneen vuodesohvalle heti silloin, kun vaimoni oli erohalunsa ilmaissut. Joka ilta kuitenkin kokosin vaimoni hankkimat sohvatyynyt ja torkkupeitot kainalooni ja kuvittelin sen olevan vaimoni. Joka ilta sanoin hiljaa, oikeastaan vain huuliani liikuttaen "Hyvää yötä, rakas, mä rakastan sua".

Halusin hänen viereensä niin kovasti, että se teki kipeää. Useina iltoina valutin kyyneleitä peitto-tyyny-vara-vaimoon. Muutamana iltana olin jopa kysynyt, että enkö saisi nukkua hänen vieressään. Mutta minä se olin kuulemma se, joka oli aviovuoteestamme pois lähtenyt. Vaikka olin lähtenyt, hän se oli se, joka halusi erota.

***

Vaimoni löysi asunnon ja palkkasi muuttofirman hoitamaan tavaroiden kantamisen ja kuljetuksen. Itse hän pakkasi, silloin tällöin kysyen "Entäs tämä?". Oli vain harvoja esineitä ja tavaroita, jotka halusin pitää, hän sai viedä kaiken sen mitä halusi. En vain jaksanut alkaa kinastelemaan taikka pohtimaan, mitä kukin meistä saisi.

Pelkkä jaon katsominen ja vaimostani paistavan uuden elämänvaiheen odotuksen hehku saivat minut nieleksimään kyyneleitä. Olin tiukasti päättänyt, että en suruani saatika epätoivoani näyttäisi. Ehkä se oli minun äijä-hetkeni, "Mikään vittu tunnu missään, mene, huora".

En myöskään nähnyt mahdolliseksi alkaa anomaan, kerjäämään häntä jäämään. En uskonut sen tuottavan tulosta. Kun hän kerta oli vakaasti päättänyt, että meillä ei yhteistä tulevaisuutta ollut, niin turhaa minä hänen päätään yritin kääntää.

Muuttofirmaa pidin hyvänä vaihtoehtona. Mieluummin tiputtelin itselleni pannullisen kahvia, jonka kaadoin termospulloon jonka vaimoni oli päättänyt jättää. Ilmeisesti retkeily ei ollut hänen lähisuunnitelmissaan. Kahveineni menin parvekkeelle tupakalle.

Vaikka ulkona oli vielä kylmä vietin parvekkeella suurimman osan vaimoni muuttopäivästä talvitakki päällä musiikkia kuunnellen. Kovalla, etten olisi mitään kuullut kuunnellen. Tupakoiden ja termoksesta kahvia kaataen. Istuin jäykkänä, ympärille katsomatta, mutta kuitenkin niskassa muuttomiesten katseet tuntien.

Monta levyä kuuntelin, jotkut niistä useampaankin kertaan. Niitä kappaleita, joista olimme molemmat pitäneet, niitä kappaleita, joiden tahdissa olimme tanssineet ja menneet naimisiin. Häissämme soivat kappaleet päätin ensi tilassa poistaa iPodistani, niitä en kokenut enää tarvitsevani.

Kaivoin kännykkäni esille ja sieltä puhelinmuistion. Katselin vaimoni (ex-vaimoni) nimeä, hänen kännykkäänsä ja hänen työnumeroaan.

Poistin ne.

En muistanut huonoja hetkiä yhtään, muistin vain hyviä ja tunsin kuumien kyyneleiden valuvan pitkin kasvojani. Pyyhin nenäni hihaan ja kyynelten läpi katselin räkää hihassani.

Yritin itsekin suhtautua asiaan positiivisesti, yritin löytää itsestäni toivon paremmasta huomisesta ja uudesta elämänvaiheesta. En löytänyt mitään muuta kuin surun menetetystä tulevaisuudesta, tulevaisuudesta, jonka varaan olin kaiken rakentanut. Näin jälleen sieluni silmin kuolemani. Näin, että kukaan ei välittänyt, että kuolin yksin ja muumioiduin.

Olin sieluni silmin nähnyt samanlaisen yhteisen vanhuuden, kuin olin jossain nähnyt vanhan ja harmaantuneen pariskunnan nousevan autosta tai kävelevän kaupassa. Parhaani olin yrittänyt tehdä, että vaimollani olisi ollut hyvä olla kanssani, mutta jossain vaiheessa olin epäonnistunut karusti. Yritin miettiä, milloin. Olisin voinut mennä kysymään asiaa vaimoltani, mutta en saanut edes päätäni käännettyä. Sytytin uuden tupakan. Ruumiini huusi, että en sitä tarvitsisi, pääni oli valmiiksi nikotiinipyörteessä.

***

Illan jo alkaessa hämärtymään, vaimoni koski varovaisesti olkapäätäni.

Minulla ei juuri silloin ollut kyyneleitä silmissä ja nostin katseeni poistaessa kuulokkeet korvistani.

"Voit tulla sisälle, kaikki on viety" vaimoni kuiskasi ja näin kyyneleitä hänenkin silmissään. Sitten hän sanoi pahimman asian, jonka nainen voi miehelle sanoa: "Eikö me oikeasti voida olla hyviä ystäviä?".

Mieleni teki vastata, mutta kuitenkin, edelleen, rakastin häntä, nielin vastauksen. Kuten olin monet muutkin asiat yhteisen elämämme aikana niellyt ja sopeutunut, sillä olin kuvitellut, että se kuuluu avioliittoon. Että hyväksyy asiat, joita toisessa pitää epäkohtina. Että kiertää kulmikasta pöytää, kunnes kulmat ovat siloittuneet ja tilalle on tullut sujuva elämä. Ehkä se on arkea ja tasapaksua, mutta olin kuvitellut, että intohimon roihahtamisen jälkeen tilalle tulee kumppanuus, välittäminen ja yhteinen auttaminen.

"Jaa" vastasin.

***

Vaikka kuulin oven käyvän, en uskaltanut heti astua sisälle.

Lopulta minun oli pakko. Olin juonut termoksellisen kahvia ja rakkoni tuntui olevan halkeamassa.

Astuin sisälle kaikuvaan asuntoon katsellen ympärilleni.

Paikka oli tuttu, mutta silti siinä oli jotain uutta ja vierasta, niin vierasta.

Kirjahyllyssä oli aukkoja, samaten DVD hyllyssä. Seinillä oli tapeteissa vaaleampia kohtia, joissa oli ollut kuvia. Keittiössä kaapit olivat kiinni, joten en nähnyt niiden ammottavaa tyhjyyttä.

Vessasta oli hävinnyt toinen muovikuppi, se, missä vaimoni piti hammasharjaansa.

Kävelin huoneet läpi, katselin tyhjiä kohtia kaapeissa sekä sitä tyhjää kohtaa, missä vaimoni osa aviovuoteestamme oli ollut, jäljellä oli vain painaumat muovimatossa.

Ihmettelin, että palautuisiko matto koskaan entiselleen.

***

Jossain vaiheessa posti toi vaimoltani osoitteenmuutoskortin ja myöhemmin paperit siitä, että avio-eromme oli astunut voimaan.

Kaivoin sormuksen kolikko-osastosta ja asetin sen kirjahyllyn reunalle jossa nyt oli paljon tilaa. Katselin sitä ja ihmettelin, että oliko silloin joskus se vain heijastuma omasta rakkaudestani, jonka näin hänen silmissään.

***

Eräänä päivänä tajusin istuneeni joko sohvalla tai työtuolissani ihan tarpeeksi, että haluaisin sittenkin tavata uuden ihmisen. Mutta olin ollut vaimoni kanssa ihan liian pitkään, että en tiennyt, missä voisin tavata uuden naisen.

En ollut sellainen, joka kaupassa voisi mennä rupattelemaan mukavia vihannesosastolla, kurkku vihjailevasti kädessä, kenellekään. Myöskään baaritapaamiset tuntuivat vaikeilta. Pitäisi olla kiinnostava, kiinnostunut sekä pistää puhtaat alushousut, jos vaikka onni suosisi. Olin kuullut Tinderistä, mutta puhelimeni oli niin vanha, että en siihen Tinderiä saanut.

Eräänä päivänä loin itselleni profiilin treffisivustolle.

En odottanut mitään, mutta en myöskään ollut valmistautunut siihen, että saisin yhteydenottoja. Mutta netissä oli helpompi olla kiinnostava ja kiinnostunut, kun silloin saattoi valita sopivamman ajankohdan ja valmistautua olemaan innostunut.

En kuitenkaan uskaltautunut ketään käydä tapaamassa. Kaikki, kenen kanssa juttelin, tuntuivat olevan rikki sisältä, jokaisella tuntui olevan olkapäällään joku iso murhe, jota eivät saaneet ravistettua pois.

Enkä itsekään kyennyt olemaan vertaamatta kaikkia vaimooni.

***

Kuitenkin, kaikesta huolimatta, elämä asettui uriinsa. Kävin töissä, näyttelin, että kaikki on hyvin. En kertonut töissä mitään, ei siellä ollut ketään, kenet tuntisin tarpeeksi hyvin. Kaikki siellä olivat vain käsi-päivää-tuttuja. Ihmisiä jotka hipaisevat päivääni ja joiden kanssa oli tultava toimeen. Hymyiltävä vaikka vihasi, juotava kahvi välillä samassa huoneessa vaikka mieluummin olisi kollegan huulilla olevan kahvikupin potkaissut hampaiden läpi hänen suuhunsa.

Opin kaupasta ostamaan vain yhdelle ihmiselle riittävän määrän asioita. Opin nauttimaan siitä, ettei tarvinnut keskustella mitä telkkarista katsottaisiin ja sain olla katsomatta sitä, mitä en halunnut. Yksi pyyhe kylpyhuoneessa, yksi hammasharja. Tyyny putosi helpommin kapeasta pedistä. Ei luvan kysymistä, jos oli menoja, ei selittämistä, miksi tuli kotiin kun tuli. Tosin en koskaan käynyt missään.

Paljon oli, mistä pidin, että olin yksin. Enemmän oli asioita, mistä olisin pitänyt enemmän, jos olisi ollut kaksin.

Kotitalo

Kävin lähikaupasta ostamassa kartongin tupakkaa ja työnsin sen muutamien vaatekappaleiden sekaan matkalaukkuuni. Laukun pakkasin autoni takakonttiin ja lähdin ajamaan kohti synnyinkylääni.

Suhtauduin sinne lähtemiseen kuin hammaslääkäriin, että pakko asia oli kohdata ja hoitaa loppuun. Asiaa jota ei voinut enää karttaa, että parempi pistää asia vireille, nielaista ja mennä.

Vakaasti olin päättänyt tyhjentää synnyintaloni, myydä tavarat tai lahjoittaa ne kierrätykseen tai yksinkertaisesti hankkia jostain tynnyrin ja polttaa.

Paperit, joita talossa taatusti olisi isäni ja äitini yhteisen elämän jäljiltä, pitäisi ainakin hävittää tieto-turvallisesti.

Selkärankaani oli asettunut työni takia ajatus, että kaikki paperit, missä oli pieniäkään viitteitä.... jostain, piti hävittää, että kukaan rikollinen ei pääsisi tekemään rikollisuuksia. Hävitin jopa tilaamistani lehdistä osoitetiedot, vaikka tiesin, että osoitetietoni saisi, jos jostain löytäisi puhelinluettelon.

***

Puhelimitse olin jo pannut vireille edellisenä iltapäivänä isäni hautajaiset. Olin netistä kaivanut lähimmän hautauskonttorin yhteystiedot, soittanut ja asettanut budjetin, jonka rajoissa pitäisi toimia. Budjetin, millä pitäisi saada hoidettua arkku, tuhkaus ja ruuat. Ajellessani kohti kotikylää, yritin keksiä, mitä vielä pitäisi hoitaa ensimmäisenä vastaantulevan ongelman, hautajaisten, kanssa. Yksi, mikä puuttui, oli surijat. Toivoin, että löytäisin synnyinkodistani puhelinmuistion, sillä en tiennyt isäni ystävistä mitään ja sukulaisiakin tunsin erittäin huonosti. Vaimoni oli pitänyt joulukorttilistaa, jolla oli ollut muutamat minunkin sukulaiseni. Ihmettelin, missäköhän sekin on, mutta en saanut itsestäni irti, että olisin ottanut entiseen vaimooni yhteyttä. Muistin ulkoa hänen puhelinnumeronsa, että ei siitä ollut mahdottomasti hyötyä ollut, että olin sen puhelimestani poistanut. Numero oli syöpynyt muistiini hyvin kaikista niistä kerroista, jolloin olin sen pyörittänyt työpaikkani puhelimesta, jossa ei ollut puhelinmuistiotoimintoa. Muistin jopa ulkoa hänen työpuhelinnumeronsa.

Oli hän jonkun kerran soittanut, ihan vain kysyäkseen mitä milloinkin.

"Jäikö kellariin sukseni?"

"Jäikö hyllylle mapin väliin vakuutuskirjani"

"Oletko muistanut vihanneksia syödä?"

Minä en kertaakaan ollut soittanut vaikka olinkin vastentahtoisesti hänelle vastannut.

Jonkun kerran hän oli tekstiviestin lähettänyt, mutta olin poistanut ne lukematta. Tuntui vain niin pahalta, ihan liian pahalta, aina kun kuulin hänen äänensä. Kaipasin häntä joka päivä, kaipasin hänen ääntään ja läheisyyttään.

Kaipasin sitä, että olisimme voineet jutella ja kohdata arjen harmauden yhdessä. Kohdata kaikki arjen ja työelämän vastoinkäymiset yhdessä.

Yritin päästää irti, mutta en osannut. Pelkäsin, että jos puhuisin hänen kanssaan enemmän, kuulisin, että hän olisi onnellinen. Että olisi onnellinen ilman minua. Että hänen pohjaton surullisuutensa oli ollut kiinni vain minusta, että se todellakin oli ollut vikani, että en ollut saanut häntä onnelliseksi.

Tai pahimmassa tapauksessa, että hän olisi löytänyt rakkauden.

***

Mielessäni olevasta synkkyydestä ja surusta huolimatta ajomatka kotikylääni kohden oli miellyttävä. Olin aina pitänyt pitkin maanteitä autoilusta. Ajamisessa ja tien katsomisessa oli jotain rauhoittavaa. Jatkuva valkoisen katkoviivan hypnoottinen kulkeminen auton vasem-malta puolelta. Pidin menosuuntaan katselusta, siitä kuinka katkoviiva syöksyi kohti. Pidin siitä, että vilkais-tessa peiliin näki sen saman katkoviivan katoavan taakse, menneisyyteen. Tuttuja maisemia tuijotellessa aika kului leppoisasti. Mutkien jälkeen tiesi jo etukä-teen, mitä sen takana olisi, mitä seuraavan ja sitä seuraa-van mäen takana olisi. Pienen autoni ilmastointi piti ik-kunat kiinni ja kesä-Lasol alkavan syyskesän viimeiset hyönteiset ikkunasta irti.

"Tuonnekin rakentavat tuommoisen" tuumin ajaessani toinen toistaan muistuttavien pikku kylien läpi.

***

Kotikyläni oli todella pieni. Se oli yksi niistä lukuisista maantiekartoissa näkyvistä tahroista, jotka näyttivät kar-talle tulleen vahingossa, paikkoja joissa ei koskaan tulisi vierailtua.

Se oli unohtunut ison ohikulkutien varteen. Tie oli en-nen mennyt, joskus ennen minua, kylän läpi ja oli tuo-nut kylään elämää, mutta sitten rakennettiin uusi, suo-rempi tie ja kotikyläni unohtui ja hitaasti näivettyi. Nyt-temmin se oli jonkin verran alkanut elävöitymään, mutta ei sitä keskustassa huomannut. Suurin osa uusista sinne muuttaneista oli muuttanut halvan tonttimaan tuomien halpojen omakotitalojen perässä ja kävi kauempana töissä ja sillä matkalla kävivät myös ostoksilla, joten paikalliselle kaupalle jäi vain pakollisten ostosten tuomat kapeat rahavirrat. Kesämökkiasutustakaan ei riittänyt sinne, sillä siinä ei lähellä ollut järveä, joka olisi houkutellut kesäasujaimistoa.

Keskustassa ei ollut kuin muutama talo eikä ensimmäistäkään kerrostaloa, kirkko, kukkakioski joka sulkeuduttuaan avasi toisessa päässä olevan nakkikioskin, joka myi myös lehtiä paikallisille miehille. Tasa-arvon vuoksi mukana oli myös pari naistenlehteä ja karamelleja. Nimismiehen toimisto oli samassa talossa kylän ainoan kapakan kanssa. Kapakasta sai nykyään myös pizzaa ja näemmä sen nimi oli muuttunut jossain välissä Sheriffistä La Lunaksi. Tien toisella puolella oli S-Market jonka toisessa päässä toimi maatalouteen keskittynyt Agri-Market. Kaupan edessä olevalla parkkipaikalla oli kaksi mopopoikaa ja yksi mopoautopoika, jotka juttelivat ja katselivat ohiajoani.

Pysäköin poliisitalo-pizzerian eteen ja istuskelin autossa tuijottaen Poliisi-kylttiä talon seinässä auton sisäilman hitaasti lämmetessä. Aukaistessani ikkunan sisään löyhähti kuumaa ilmaa kuin tonni tiiliä.

Pistin tupakaksi. Uskottelin edelleen itselleni, että tupakan haju pysyy poissa auton kankaista, jos ikkuna on auki. Katselin peilistä kylän raittia, jolla tuli pörrättyä nuorena, varsinkin sen jälkeen, kun mopon sain kesätöistäni säästämilläni rahoillani hankittua. Saman kaupan pihalla minäkin ystävieni kanssa hengailin, kuin nuo nuoret nykyään. Nyttemmin olin oppinut nauttimaan ja välillä kaipaamaan, kylänraitin uneliasta hiljaisuutta.

Teininä olin vihannut sitä, että missään ei mitään tapahtunut, että kaikki tunsivat toisensa ja tiesivät toistensa asiat. Mielestäni en vanhentunut tarpeeksi nopeasti, että olisin joko päässyt armeijaan tai mieluummin johonkin isoon kaupunkiin opiskelemaan. Josta olisin valmistuttuani saanut työpaikan enkä olisi joutunut häntä koipien välissä maitojunalla palaamaan tänne.

Mutta toisin kävi.

Sain huonon päättötodistuksen josta en voinut syyttää kuin itseäni ja sitä, että olin löytänyt naisen. Naista syyttäen en saanut jatko-opiskelupaikkaa. Sillä ei ollut asian kanssa mitään tekemistä, että mieluummin luin kaikkea muuta kuin koulukirjoja ja rakentelin muovisia pienoismalleja.

Läksin armeijaan ja yhdellä iltalomalla tapasin tytön johon rakastuin korviani myöten. Tuon tytön takia unohdin oman kylän tytön ja vajaata vuotta myöhemmin olin kihlannut hänet ja….

Kiitin mopon ääntä, joka katkaisi ajatukseni. Pian mekkalaa lisäsi toinenkin mopo ja viimein mopo-auto. Koko kuoro kaasutti S-Marketin pihasta pois. Kuuntelin, kuinka niiden ääni lopulta vaimeni etääntyessään.

***

Nimismiehellä ei oikeastaan ollut mitään sanottavaa. Siinä se istui hikoillen virkahuoneessaan, kravatti pikkaisen löysättynä. Ikkunasta näkyi takapihalla lytyssä oleva lasten uima-allas ja avatun tuuletusikkunan välissä kärpänen hakkasi itseään ulompaa ikkunaa vasten. Kärpäsen muutama epäonnisempi kaveri oli tarttunut arkistokaapin päällä roikkuvaan kärpäspaperiin.

"Sairaskohtaus, sydän…." mutisi nimismies. Tuuletin vispasi tunkkaista ilmaa, viilentämättä.

"Löytyi keittiön pöydän äärestä, postinkantaja minut sinne kutsui, kun oli alkanut ihmettelemään päivälehtiä pursuavaa postilaatikkoa".

En tiennyt mitä sanoa, katselin uima-allasta, nimismiehen päivyriä, nimismiehen univormun hiki-läikkiä, kärpästä joka oli asettunut ja suki siipiään.

"Taidat olla ainoa perillinen" totesi nimismies papereitaan rapistellen.

Nyökkäsin, mutta karautin kurkkuani myöntäen myös ääneen asian olevan niin.

"Tiedätkö testamentista, onko sellaista?"

Kerroin, että ajaessani kylää kohden minulle oli soittanut pankinjohtaja. Olin jo lyömässä punaista luuria, kun hän ehti selittää, että hän oli viranomaisilta saanut tiedon isäni poismenosta. Syvästi osaa ottaen pankkihenkilö kertoi, että isäni oli hänelle tuonut testamentin toimeen pantavaksi. Olimme puhelimitse sopineet, että pankinjohtaja tulee seuraavana päivänä käymään ja kertomaan testamentin sisällöstä. Hämmästyin, kuinka hyvä palvelu täälläpäin kotimaatani oli. Olin asuessani suuressa kaupungissa tottunut siihen, että pankinjohtajan, tai edes jonkun alemman virkailijan tavatakseen piti varata aika, olla pankissa nöyrästi vähintään varttia aiemmin ja varovasti, hattua käsissään pyöritellen astua huoneeseen. Ja nyt täällä, itse johtaja tulee käymään ja hoitamaan asian.

"Hyvä, hyvä…. se helpottaa asioita huomattavasti…. testamentti." sanoi nimismies rapistellen papereitaan lisää, kurtistellen kuitenkin otsaansa.

"Ei kai tässä…. muuta" sanoi hän lopulta ujosti minuun vilkaisten. Vastasin katseeseen mitään sanomatta.

"Tästä numerosta sinut saanee kiinni" kysyi osoittaen paperilla olevaa kännykkänumeroani.

Tajusin, että minulla ei ole ollut liki viikkoon kännykkä päällä.

***

Saatuani ohjeet soittaa kunnan henkikirjoittajalle, joka oli tavattavissa poliisin tiloissa joka viikon keskiviikkona virka-aikaan. Toiminta oli nimismiehen kertoman mukaan yhdistetty muiden pikkuisten kylien kanssa. Jätin hänet hikoilemaan toimistoonsa.

Istahdin poliisiaseman edessä olevalle penkille tupakalle ja tunsin hien valuvan pitkin selkääni.

En kääntänyt katsettani, vaikka kuulin, että nimismiehen ovi avautui. "Ai niin, syvimmät osanottoni" kuului. Vilkaisin nimismiestä ja nyökkäsin. "Hienoa ilmaa se lupasi myös huomiselle" sanoi nimismies katsellen tietävästi taivaanrantaan, läheisen rypsipellon ylitse ja meni takaisin sisään.

Mielessäni hymyilin katkerasti, ulospäin näytin ilmeettömältä ja ajattelin: "Samasta osoitteesta känni, kännipitsa, känniyöpyminen ja säätiedotus".

***

Kotitaloni pihalla jopa tuoksui samalle kuin aina ennenkin.

Hiekkatien pölylle, pihan kuivuvalle nurmikolle. Kodille ja turvalliselle. Kaikki oli samalla paikallaan kuin aina ennenkin, pihakiikku pihakiikun paikalla, kaivon, jota kukaan ei ole käyttänyt enää vuosiin, kannella ruostunut peltiämpäri jonka pohjassa lukee "CCCP". Saunan seinustalla polttopuita pinossa, vajan edessä sahapukki ja hakkuupölkky, pihakoivussa muovinen keinu, jonka toinen naru oli katkennut likemmäksi kymmenen vuotta sitten juhannuksena, kun olin siihen istahtanut. Silloin se oli tuntunut hyvältä idealta, mutta yhtä kipeää putoamista myöhemmin ei niin hyvältä. Jostain syystä isäni oli antanut keinun olla paikallaan sellaisenaan, vaikka yleensä kaikki pienetkin epäkohdat pihallaan hän korjasi heti.

Entiseltä näyttivät myös kaksikerroksiseen kotitalooni vievät neljä porrasta, ylimmällä portaalla edelleen lasipurkki tuhkakuppina. Muistelin kyllä, että isäni olisi lopettanut jo vuosia sitten. Nojailin autoni ovenkarmiin. Jäähdytin naksahteli, katalysaattori napsahteli.

Melkein suoraan talon takaseinästä alkoi metsä, etuovea vastapäätä naapurin tontti, ei niin kaukana, mutta tarpeeksi kumminkin, että oma rauha säästyy. Naapurin ja meidän pihamme erotti toisistaan harva kuusiaita. Sama aita erotti tonttimme myös tiestä. Puusta puuhun meni vihreä verkko, jäänteitä siitä, kun isälläni oli vielä koira. "Hyvä poika, hyvä. Maailman paras metsästyskoira" tapasi hän sanoa ja rapsuttaa koiraa päälaelta. Ja olihan se ollut, hyvä. Ei siitä kuitenkaan minulle ollut ystäväksi ollut, isäni koira se oli ollut. Metsäkoiraksi hankittu, metsäkoirana hyvä ja metsäkoiran ominaisuuden kadotettuaan lopetettu. Luulen, että isäni piti koirasta kuitenkin niin paljon, että ei ollut sen jälkeen toista koiraa hankkinut vaan lopettanut metsästyksenkin, myynyt kiväärit naapurin isännälle.

Etuovi oli pihatielle, takaikkunasta näkyi metsä, toiselta kyljeltä, tuvasta kuusiaita ja sen takana hiekkatie joka vähän matkan päässä päättyi kääntöpaikkaan. Sillä kääntöpaikalla eivät käyneet kuin eksyneet kääntymässä ja vähän aikaa myös kirjastoauto, kunnes senkin reittiä muutettiin ja tie hiljeni lähestulkoon kokonaan.

Olimme olleet aina ja vissiin jatkossakin tulisimme olemaan tien viimeinen talo.

Vanhempieni makuuhuoneen ikkunasta näkyi sauna. Minun huoneeni ikkuna oli portaiden yläpuolella ja siitä näkyi naapurin talo. Ikkunani alla oli paloturvallisuussyistä tikkaat. Ikkunastani oli näkymä naapurin suuntaan, kuusiaidan yli näin selvästi heidän alakerran pikku huoneeseen, jossa naapurin muija ompeli usein tutuilleen mekkoja. Usein tuli yritettyä tirkisteltyä mekkojen sovittelijoita, koettua ensimmäiset seksuaaliset väristykset.

Huoneeni oli isäni rakentama, kun olin kasvanut tarpeeksi isoksi, että en enää mahtunut sujuvasti isäni ja äitini makuuhuoneeseen, joka oli ollut toinen huone alakerrassa tuvan lisäksi.

Huoneeseeni päästiin portaita ylös kipuamalla ja kulkemalla lähinnä romuvarastona toimivan ullakkotilan läpi.

Kun ajauduin teiniriitoihin isäni kanssa, käytin palotikkaita poistuakseni kotoani, ettei olisi tarvinnut vintiltä portaita pitkin tupaan laskeutua, missä isäni olisi ollut televisiota katsomassa, ettei olisi tarvinnut keskustella. Samoja tikkaita pitkin myös livahdin usein salaa, vaikka olin varma, että kyllä isäni siitä tiesi, kylille. Samoja tikkaita pitkin olin myös tullut kotiin muutaman kerran kännissä ja voin vain kiittää suojelusenkeleitäni, että en ollut pudonnut niiltä portailla.

Vintin toisessa päässä oli sininen seinä jossa vaalean sininen ovi huoneeseeni. Vielä siinä seisoessani olisin vaikka voinut lyödä vetoa, että niin oli vieläkin. Talossa oli pieni kellarikin, jossa oli öljylämmitin ja kylmävarasto, johon äitini joka syksy varastoi perunoita ja marjoja sekä sieniä. Ja aina välillä isäni kotiviiniä. Tuvasta melko ison osan vei leivinuuni, jonka vierestä pääsi pieneen keittiöön. Keittiön vieressä oli WC / suihku ja sen vieressä vanhempieni makuuhuone.

Vedin kesän tuoksua nenän kautta itseni täyteen, suljin auton oven, lukiten sen, täysin asiaa tiedostamatta, ja kävelin pihakiikulle ajamattoman nurmen yli.

"Nurmikko pitäisi ajaa, ennen kuin isä suuttuu" ajattelin puolihuolimattomasti tajuamatta ajatuksen nurinkurisuutta.

Istuin ja sytytin savukkeen. Vetäisin ensi savun ja olin tukehtua sen ensi puraisuun kun kuusiaidan takaa kuului utelias, matala, ääni.

"Päivää! Oletkos sinä se Jaskan poika?"".

Aidan raosta minua tirkisti pyöreä poskipää ja nenä ja niiden yläpuolella pari kirkkaita sinisiä silmiä.

Myönsin asian olevan niin.

"Tarjookko tupakan?"

Vilkaisin tapojeni orjana askia, ihan kuin sillä olisi jotain merkitystä, kuinka monta tupakkaa oli jäljellä.

"Jo vain, jos menttooli kelpaa."

Silmät hävisivät aidan raosta. Hetken kuluttua ajotiemme päätyyn ilmestyi kolmekymppinen tummatukkainen nainen maalitahraisissa haalareissa.

"Haen vain tuon tuhkakupin tuolta portailta" hän sanoi ja kipitti portaille. Miehisen tiedostamattomasti vilkaisin naisen pakaroita. Lasipurkki-tuhkakuppi kädessään hän tuli kiikkuun ja istahti minua vastapäätä. Tarjosin hänelle tupakan ja sytyttimen ja katselin, kuinka hän sytytti sen ja vetäisi syvään savua ja puhalsi sen pitkänä palkkina kohti kiikun kattoa.

"Otan osaa" hän sanoi.

Kohautin olkapäitäni.

"Koska hautajaiset ovat?"

"Ensi viikolla."

"Mä olen muuten Johanna."

Kättelimme keinun lattian ylitse.

"Isäsi puhui sinusta paljon."

Kohotin kulmakarvoja yllättyneenä.

"Hän tuntui olevan pahoillaan, että olitte kadottaneet yhteydenpidon. Hän syytti siitä itseään".

"Ei se pelkästään hänen vikansa ollut. Meillä oli... vaikea suhde".

"No kuitenkin..."

Polttelimme hetken hiljaisuudessa.

"Oletteko kauan asunut tuossa naapurissa?" kysyin lopulta jotain sanoakseni.

Johanna

Johanna näki Joken ensimmäistä kertaa baarissa. Hän oli aina vannonut, että ei ikinä, koskaan, milloinkaan lähtisi miehen kanssa baarista kotiin, ei omaansa eikä miehen, mutta jokin Jokessa sai lähtemään.

Jälkeenpäin, riettaan yön jälkeen, ajaessaan taksissa kohti omaa kotiaan, hän ei enää ollut täysin varma, mikä sai lähteämään. Ei Jokke mikään maailman komein ollut, ei hänellä ollut edes lihaksia, jotka olisivat saaneet katseen toista kertaa koskemaan hänen vartaloaan.

Mutta jokin hänen silmissään sai Johannan kiinnostumaan. Oliko se lupaus hyvästä seksistä vai lupaus nokkelasta ja hauskasta seurasta? Oliko se lupaus luotettavuudesta ja sielun ystävyydestä?

He olivat vaihtaneet puhelinnumeroita. Se oli toinen asia, mitä Johanna oli vannonut että ei tee lyhyen tuttavuuden jäljiltä. Yllätyksekseen Jokke oli vielä saman päivän iltapäivänä soittanut. Ja suremmaksi yllätykseen Johanna oli suostunut lähtemään kahville siihen keskustan viehättävään, mutta kalliiseen, kahvilaan.

Jälleen he olivat päätyneet Joken asuntoon.

***

Jokke oli ammatiltaan paperikoneasentaja. Hän vietti ulkomailla, missä milloinkin, joskus jopa pikkaisen vaarallisissa maissa, useamman kuukauden joka vuosi.

Häntä se ei haitannut, hän tuntui nauttivan matkustamisesta ja uusien paikkojen katselemisesta.

Johanna oli tuntenut Joken vasta pari kuukautta, kun Joken piti taas lähteä maailmalle. Paria iltaa ennen lähtöään Jokke kosi Johannaa.

Johannalle se tuli täysin tyhjästä. Kyllä hän nautti Joken kanssa olemisesta ja seurasta. Kyllä hän toivoi, että he tuntisivat vielä pitkään, mutta että kihloihin ja ehkä naimisiin? Siihen hän ei ollut varautunut.

Eikä siihen, että hän suostui.

***

Häät pidettiin seuraavana kevättalvena. Sitä ennen Jokke oli parit kerrat käynyt ulkomailla, joten häiden suunnittelu jäi kokonaan Johannan olkapäille. Ei se Johannaa haitannut, hän nautti joka hetkestä, kun sai tehdä häistä juuri sellaiset kuin hän itse halusi ilman, että hänen tarvitsisi tehdä kompromisseja kenenkään kanssa.

Sekä hänen, että Joken äidit yrittivät sanoa jotain ja ehdotella toista, mutta Johanna ei kuunnellut. Raha ei ollut huolena häiden kanssa. Jokke tienasi todella hyvin työstään ja oli jättänyt Johannalle vapaan pääsyn tililleen. Omaisuutensa Johanna oli aiemmin muuttanut Joken osoitteeseen sanoessaan vuokrasopimuksen irti ennen aikojaan. Vuokraisännän sopimuksen purun aiheuttaman kustannuksen oli Jokke mukisematta maksanut. "Olenko minä nyt maksullinen nainen?" kysyi Johanna huolissaan yhtenä iltana, kun he joivat teetä.

Ilmeisesti Jokke ei kuitenkaan aivan tosissaan kysymystä ottanut vaan ainoastaan suuteli häntä tee-kuppien ylitse.

Häistä tuli juuri sellaiset kuin hän oli suunnitellut ja kuvitellut. Ja hän oli onnellinen.

Häämatkan he yhdistivät Joken työmatkaan ja sitä kautta saivat sen ilmaiseksi. Jokke oli töissä ja Johanna katseli kaupunkia, ui, otti aurinkoa ja ihmetteli, että kuinka tässä nyt näin kävi. Hän yritti myös saada ajatuksensa raiteille, että miten tulevaisuudessa tulisi käymään.

Kyllä hän oli naimisiin halunnut, mutta ei ehkä ihan vielä, ei ehkä ihan näin nopeasti. Mutta tässä sitä nyt oltiin, naimisissa, vieraassa maassa miehen kanssa, joka kaiken lisäksi oli ehdottanut, että Johanna sanoisi itsensä irti omasta työstään, sillä Jokke kyllä tienasi niin

hyvin, että ei heidän yhteiseen talouteensa kahta tulon-
lähdettä tarvittaisi. Jokke kehoitti Johannaa palautta-
maan ja toteuttamaan unelmaansa, jonka hän oli pistänyt
jäihin muuttaessaan synnyinkodistaan ja alkaessaan joka
päiväisen raadannan.

Johanna olisi halunnut olla taiteilija ja omasta mieles-
tään hän oli hyvä kynäruiskun kanssa. Hän oli varma,
että jos vain mahdollisuus olisi ollut, jos pääomaa olisi
ollut, jollei velkaa olisi tarvinnut ottaa, jos vain roh-
keutta olisi ollut, jos vain uskallusta olisi ollut, hän olisi
voinut hyvinkin elättää itsensä maalaamalla pääkalloja,
liekkejä tai kuplia autoihin ja moottoripyöriin.

Jokke tuki täysillä hänen haavettaan omasta pienestä
maalaamosta. Hän takasi lainan, että Johanna saisi han-
kittua ammattimaiset välineet. Ainoa mikä jäi puuttu-
maan, oli juuri se sopiva toimitila.

***

Kun Jokke oli jälleen työmatkalla ja Johanna oli istunut
tylsistyneenä Joken tietokoneen ääressä ja surffaili ym-
päriinsä kiinteistövälityssivuja, hän sai idean.

Miksi sen maalaamoon pitäisi olla täällä isossa kaupun-
gissa? Jos hän olisi hyvä, niin eikö asiakkaat tulisi hä-
nen luokseen? Mikä heitä oikein pidättäisi täällä

keskustassa? Mitä jos he ostaisivat vaikka tuollaisen pienen punaisen talon, missä olisi kellari? Juuri tuollaisen kuin tuossa näytöllä oleva. Idea ei jättänyt Johannaa rauhaan koko seuraavana viikkona. Se pyöri hänen päässään vielä silloinkin, kun meni lentokentälle Jokkea vastaan ja jo taksissa Johanna ehdotti asiaa Jokelle.

"Mikä ettei, mutta ehdinkö käydä suihkussa ennen ku lähetään kattomaan?" kysyi Jokke.

***

Johanna sai Joken suostumaan heti ensimmäiseen taloon, jota he kävivät katsomassa. Talo oli itse asiassa sama, kuin se, jota Johanna oli katsonut saadessaan koko talo idean.

Talo oli punainen, siinä oli yläkerta ja alakerta sekä kellari, johon Johanna sielunsa silmin näki perustavansa maalaamonsa). Talon edessä oli pikkaisen pihaa ja kuusiaidan toisella puolella hiekkatie, joka päättyi hyvin pian pieneen kääntöpaikkaan. Vieressä ei ollut kuin yksi toinen talo, jossa kiinteistövälittäjän mukaan asui yksinäinen vanha herra. Talo oli tuoksunut ummehtuneelle ja asumattomana olleelle ja niin se olikin ollut jo vuosia kiinteistövälittäjän mukaan. Välittäjä ei osannut kertoa, miksi se oli ollut niin kauan myymättömänä. Epäili kuitenkin, että talon viimeinen asukas oli kuollut ja perillisiä ei ollut ja talo jäi valtiolle ja sitä kautta välittäjälle.

"Kato! Tänne tekisin maalaamon!" Johanna iloitsi.

"Kato! Tähän saisi pienen juuresmaan! Kato, jos lapsia tulee, ni tähän saisi hiekkalaatikon! Ja kato tonne ylös! Lastenhuone!"

Jokke ilmeisesti näki, että Johanna rakasti taloa ja siltä istumalta he tekivät kauppasopimuksen.

Alle kuukausi siitä, kun olivat ensimmäisen kerran käyneet taloa katsomassa, he muuttivat sisään.

***

Ensimmäisenä iltana kumpikaan heistä ei saanut nukuttua. Molemmat olivat tottuneet kaupungin ääniin ja täällä talossa oli ihan liian hiljaista. Ulkona oli liian pimeää eikä naapurista kuulunut mitään.

He olivat kokanneet vähän ja syöneet istuen muuttolaatikoiden keskellä juoden kuohuviiniä.

Kumpikaan ei osannut sanoa mitään.

Molemmat olivat haluttomasti syöneet vähän ja juoneet vähän, mutta lähinnä he olivat katselleet laatikoita ja ikkunan takana olevaa pimeyttä, jota katuvalot eivät rikkoneet.

Sängyn he petasivat tupaan, keskelle lattiaa. Sen suomassa, tutun peiton turvassa he käpertyivät toisiinsa ja odottivat unta, joka ei kuitenkaan tuntunut tulevan.

Johanna odotti, että joku talon entisistä asukkaista tulisi astraalihahmossaan kurkkimaan, mutta mitään ei kuulunut, mitään ei näkynyt.

***

Arki asettautui hitaasti uomiinsa, tavarat löysivät talossa paikkansa, maalaamo rakentui talon kellariin. Jokke lähti työmatkalle ja Johanna jäi yksin.

Hän maalaili harjoitellen erilaisia pintoja, suunnittelemiaan pääkalloja, liekkejä ja kuplia. Toiveikkaana hän laittoi muutamiin moottorilehtiin mainoksensa ja jatkoi harjoittelemistaan.

Talossa oli edelleen hiljaista eikä Johannan puoliksi odottamia kummituksia koskaan näkynyt. Öisin hän kuuli hiirien rapistelevan talon eristeissä ja Johanna pohti kissan hankkimista, mutta hän ei olisi halunnut saada portailleen niitä kuolleita lahjoja, joita kissat toivat.

Hän yritti pitää yhteyttä kaupungissa oleviin ystäviinsä, mutta ilmeisesti hän oli muuttanut ihan liian kauaksi, että kukaan olisi halunnut tulla kylään. Sähköpostien vaihtaminen oli huomattavasti helpompaa heidän mielestään ja aina oli puhelimen tuomat viestit ja Facebook, mistä näki, kuka on käynyt syömässä pullan ja kenen kanssa.

Talo oli ollut heidän uusi osoitteensa kuukauden verran ja siitä kuukaudesta Jokke oli ollut pari viikkoa työmatkalla, kun yhtenä iltapäivänä Johannan ollessa väliaikatupakallaan pihalla hän kuuli naapurista äänen: "Päivää! Mulla ois kahvia, jos kiinnostaa".

Johanna meinasi äänen kuullessaan pudottaa tupakkansa. Oli hän naapurinsa useampaan otteeseenkin tavannut, mutta tähän mennessä he olivat vain hyvää-päivää-tuttuja.

"Mikä ettei" hän kuitenkin vastasi "jos tupakansavu ei häiritse." Johanna käveli ensimmäistä kertaa naapurin Jaskan pihalle maalisissa haalareissaan.

***

Johannalle alkoi tulla ihan oikeita maksavia asiakkaitakin ja hän maalasi niitä harjoittelemiaan pääkalloja, liekkejä ja kuplia.

Sekä kävi päivittäin Jaskan luona kahvilla.

Jokke tuntui olevan mustasukkainen asiasta eikä Johanna ymmärtänyt miksi. Mutta Jokke hyväksyi asian, kun hänkin tutustui Jaskaan ja silloin tällöin, kun Jokke oli kotona, he kolmistaan joivat kahvia. Mutta ensisijaisesti kahvittelu pysyi Johannan ja Jaskan yhteisenä aikana.

Jaska kertoili tarinoita kylän historiasta, elämästään ja pojastaan. Johanna näki, että Jaskalla oli ikävä poikaansa, mutta miehenä Jaska ei voinut alistua ja ottaa yhteyttä. Mies ei niele ylpeyttään, jonkun muun on tehtävä aloite. Johanna yritti, kautta rantain, vihjailla, että "kyllä kai sitä voisi soittaa ja kutsua käymään", mutta Jaska oli vain tuhahtanut, että "voi se poikakin, mutta kiire ilmeisesti, siellä suuressa maailmassa". Käsi jäi ojentamatta, mutta jäipähän Johannalle enemmän aikaa Jaskan kanssa jutella.

***

Vuoden verran näin jatkui kunnes yhtenä päivänä se kaikki muuttui.

Jaska kuoli.

Kyllä Johanna huomasi, että hän ei ollut viikkoon nähnyt Jaskaa, että ei ollut käynyt kahvilla. Mutta ilmeisesti hänen maineensa edullisena, hyvänä ja aikatauluista kiinni pitävänä maalarina oli kasvanut ja hänellä oli välillä ruuhkaksikin asti töitä. Yhdestäkään keikasta hän ei kieltäytynyt vaan mieluummin venytti päivää, että ehtisi kaikki tehdä.

Yhtenä päivänä hän tupakalla ollessaan huomasi, että naapuriin ajoi poliisiauto ja sen perään pian ambulanssi. Hitaasti, syvästi huolissaan hän käveli Jaskan pihalle. Pihalla seisoskeli kylän nimismies, joka kertoi, että postipoika oli löytänyt Jaskan kuolleena keittiön pöydän äärestä.

Ennen kuin poliisi oli ehtinyt raporttinsa lopettaa, Johanna tunsi kyynelten valuvan pitkin poskiaan.

"Ei hän, ei ollut huomannut mitään erilaista naapurissa. Kyllä, hän tunsi Jaskan. Niin, siitä oli viikon verran, kun he olivat viimeksi puhuneet. Niin, suhteemme oli lähinnä, että Jaska keitti kahvia, mä toin pullat ja tupakat. Ei sillä, että hän olisi enää polttanut, mutta piti kuulemma tupakan tuoksusta". Johanna selitti. "Istuimme joko portailla tai tässä.... tai tuvassa." hän lopetti kääntäen katseen kohti kaivoa.

Kuitenkin poliisi ehti nähdä hänen itkevän. Kiusaantuneena nimismies mietti, mitä sanoa tai tehdä. Varovasti hän laski kätensä naisen olkapäälle.

"Mulla tulee olemaan kova ikävä häntä. Tai oikeastaan on jo." Johanna sanoi ja poistui omalle pihalleen.

***

Kyynelten lävitse hän sai päivän viimeisen työnsä valmiiksi, postilaatikon johon asiakas halusi maalattavan omansa ja vaimonsa kuvan.

Illalla he puhuivat Joken kanssa pitkän videopuhelun, jossa Jokke yritti parhaansa mukaan lohduttaa lohdutonta vaimoaan. Johanna toivoi, että Jokke olisi paikalla, että hän saisi itkeä suruaan hänen paitaansa, mutta yksin hän joutui peittoonsa itkemään.

Hän ei ollut edes huomannut, kuinka tärkeä Jaskasta oli hänelle tullut niin lyhyessä ajassa ja se, että hän ei ollut huomannut naapurissaan olevaa hätää ennen postinjakajaa sai hänet syyttämään itseään ja vielä surullisemmaksi.

***

Mutta kyyneleetkin loppuvat joskus ja surusta tulee takaraivoon silloin tällöin esiin pomppaava haikea ajatus, joka saa melkein kyyneleet silmiin, mutta jos kyyneleet ovat kuivuneet, niin jäljelle jää vain mahdollisuus mennä tupakalle ja katsoa pimeää taloa naapurissa.

Kunnes eräänä päivänä sen pihaan ajaa auto, josta astuu mies, joka jää katselemaan ympärilleen. Mies, jonka kuvan on nähnyt ja josta on kuullut ja jonka luulee tuntevansa jonkun toisen puheiden perusteella. Mutta jota ei kuitenkaan tunne, mutta jonka asennossa on jotain samaa kuin edesmenneessä ystävässä.

Koti

Astuessani kotitaloni eteiseen, ensimmäisenä huomasin, että siellä ei enää haissut kuolemalle. Olin odottanut, että nyt varmasti kuoleman lemu olisi ollut vieläkin voimakkaampi, kun talossa oli kaksi ihmistä kuollut.

Kuoleman tuoksu, tai ainakin se tuoksu, jonka mielsin kuolemaksi, oli voimakkain muistikuva kotitalostani.

Äitini hitaan kuoleman tuoksu.

Lääkkeet, vaivaisuus ja ulosteet. Tuoksu, joka tervehtiä minua vuosia, kun tulin koulusta ja joka ei lähtenyt pois, edes äitini kuoleman jälkeen. Tuoksu, joka oli talossa vielä vaikka olin jo muuttanut sieltä pois. Tuoksu, joka oli yksi niistä syistä, että lopetin täällä käynnin.

En tiedä, miten isäni sitä kesti vai eikö hän edes huomannut sitä vai eikö hän vain välittänyt. En myöskään tiedä, miten hän pääsi tuoksusta eroon, vai olinko vain kaikki nämä vuodet kuvitellut kaiken.

Seisoin eteisessä katsellen ympärilleni.

Naulakko oli samalla paikalla kuin aina, siinä isäni ulkotakki ja sininen työtakki, alapuolella parit kengät sekä saappaat. Tuvan puolella tupapöytä, jolla muutamia astioita ja sanomalehti. Vanhempieni mkuuhuoneen ovi oli auki, sänky petaamatta.

Ilmapiiri oli hiljainen, ainoa mitä kuului, oli kärpäsen surina.

Tunsin olevani väärässä paikassa, vieraassa talossa vaikka kaikki näkemäni tavarat olivat tuttuja ja tutuilla paikoillaan.

Kävelin ympäriinsä alakertaa, katselin tuttuja kuvia seinillä ja huomasin, että isälläni oli ollut uusi televisio.

Keräsin likaiset astiat tupapöydältä ja vein ne tiskialtaaseen. Keittiössä availin kaappeja ja näin jo nuoruudestani tutut astiat sekä erilaiset äitini hankkimat säilytysrasiat.

Vanhempieni makuuhuoneessa olevalta puhelinpöydältä löysin puhelinmuistion. Selailin sitä pikaisesti ja mielihyväkseni näin siinä sukulaisten puhelinnumeroita. Päätin toimittaa sen heti huomenna, pankinjohtajan käynnin jälkeen hautajaistoimistoon, että saisivat toimittaa suruuutisen eteenpäin sekä kutsua hautajaisiin.

Kiipesin portaat ylös ja astuin vaaleansinisestä ovesta entiseen valtakuntaani.

***

En ollut mitenkään yllättynyt, että mikään huoneessani ei ollut muuttunut.

Katossa oli edelleen siima, johon olin pistänyt koottavia toisen maailmansodan aikaisia lentokoneita roikkumaan jähmettyneeseen taisteluun. Oli niitä joskus ollut useampikin, nyt niitä oli vain kaksi. Ilmeisesti Spitfire oli voittamassa koska sen kiistakumppani Stukalla ei ollut kuin yksi siipi. Minä olin taistelun lopputulosta ollut auttamassa. Olin sängylläni maatessani heittänyt Stukaa kerran tennispallolla.

Muutamat julisteet olivat vieläkin seinällä, Iron Maidenia, vaikka en koskaan edes pitänyt Iron Maidenistä, olin pitänyt heidän kuvataiteestaan, sekä Clint Eastwood Heartbreak Ridge naamiomaalissaan.

Muutama kaappi, laatikosto ja työpöytä.

Olin muuttaessani pistänyt aika paljon tavaraa kierrätykseen sekä suoraan roskiin. Ilmeisesti ilmataistelun siivoaminen olisi tarvinnut tikkaat tai jotain, sillä sen olin jättänyt kattoon, vaikka roskalta se nyt näytti.

Alas mennessäni kurkin vielä ullakon varastokaappeihin. Pahvilaatikoita pahvilaatikoiden päällä. Kurkkasin yhteen ja siellä olivat joulukoristeet, jotka äitini oli joka vuosi asettanut paikoilleen hyräillen joululauluja.

Olimme äitini kuoleman jälkeen isäni kanssa parina vuonna ne paikoilleen pistäneet, mutta toimitus tuntui väärältä. Sitten isäni oli hankkinut muovikuusen ja sen olimme koristelleet, mutta mitään erikoisempaa joulu-tunnelmaa, emme olleet enää saaneet kotitaloon. Isä paistoi edelleen kinkun, jota söimme joulusaunan jäl-keen yhdessä, mutta koko syömisen ajan vain odotin, että pääsisin huoneeseeni lukemaan joululahjaksi itsel-leni ostamaa kirjaa.

Seisoin tuvan keskellä ja katselin pöydällä olevan pai-kallislehden otsikoita niitä kuitenkaan näkemättä. Koitin keksiä, mistä aloittaa, mitä tehdä.

Pistin kahvin tulemaan.

***

Vielä illallakaan en saanut oikeastaan mitään aikaiseksi. Olin availlut kaappeja ja laatikoita. Olin keittänyt mu-kana tuomistani eväistä itselleni pienen iltapalan ja syö-nyt sen tupapöydän ääressä selaillen kaapista löytä-määni valokuva-albumia.

Tuttuja kuvia menneisyyden juhlista, tuttuja paikkoja, joissa olin joskus perheineni käynyt. Sukulaisia, häitä, hautajaisia, rippijuhlia, kastejuhlia, koulukuvia. Katselin kasvoja, joiden kanssa olin kouluni käynyt, mutta joihin en ollut osannut pitää yhteyttä. Eivätkä he olleet osan-neet minuun pitää yhteyttä. Kasvoja, joista osasin sanoa, että tuo oli paras ystäväni, tuohon olin salaa ihastunut, tuo oli se mulkku liikunnanopettaja, tuo se kuivakka uskonnonopettaja. Viimeisellä sivulla oli liimattuna oma hääkuvani sekä irrallisena vanhempieni hääkuva. Pysähdyin katselemaan sitä. En ollut koskaan ajatellut, että isäni oli joskus ollut komea ja äitini kaunis. Että he joskus olivat olleet nuoria ja onnellisia sekä täynnä mahdollisuuksia ja toiveita tulevaisuudesta. Mutustin makaronia ja odotin kokoajan isäni tulevan kotiin.

Isä

Johanna oli keinussa kertonut, että hän piti isäni seurasta, että isäni oli mainio seuramies, hauskaa juttuseuraa, jonka kanssa oli mukava viettää rupattelemalla aikaa. Itse en ollut koskaan ajatellut asiaa niin.

Minulle isä oli joku, joka lähti aamuisin töihin. En edes kyennyt muistamaan, mitä hän teki ammatikseen, mutta tuli aina iltaisin kotiin hielle haisten. Hän kävi suihkussa ja söi äidin kokkaaman iltapalan pyyhe lanteillaan, hiukset märkänä pöydän päässä katsellen televisiosta mustavalkoista ohjelmaa.

Minä katselin samaa ohjelmaa, ei telkkarissa ollut kuin kaksi kanavaa. Ei tullut riitoja mitä katsoa, ne alkoivat vasta myöhemmin, kun tuli kolmas ja sitten neljäs kanava. Isä ne riidat aina voitti, aina katsottiin mitä hän halusi. Isä oli myöskin ehdoton sen suhteen, että nukkumaan piti mennä arki-iltaisin aikaisin, että koulussa jaksaisi.

Rahasta isä oli tarkka, sitä sai vain ja ainoastaan sen sovitun, tai oikeammin, hänen sopimansa, markkamäärän verran ja jos se loppui, niin sitten piti odottaa seuraavaan viikkoon. Kavereille kerroin, että sain viikkorahaa, mutta en kehdannut kertoa, minkä verran, sillä tiesin, että sain vähemmän kuin muut. Ehkä juuri tuon takia minusta tuli säästäväinen. Säästin vieläkin kaikkeen, velaksi en suostunut ostamaan.

Samasta kaapista kuin valokuvakansion, löysin myös ruskean A4-kokoisen kuoren, jossa oli sekaisena sekasortona vanhoja valokuvia, joiden taakse oli vanhan naisen käsialalla kirjoitettu selityksiä kuvien tapahtumista. En ollut koskaan niitä nähnyt, mutta ilmeisesti ne olivat isäni äidiltään perimiä.

Hajamielisesti niitä selailin ja vasta erään kuvan kohdalla oivalsin, että nuori poika joka kuvissa seikkaili, oli isäni.

Kuvia riitti aina siihen asti, kun isäni oli arviolta 15-vuotias.

Koskaan ei ollut tullut mieleenikään, että isäni olisi ollut vielä nuorempi kuin hän oli hääkuvassaan.

Olin kyllä kuullut tarinoita siitä, millaista oli ollut ennen, silloin joskus, sotien jälkeen. Olin kuullut, että hänen vanhempansa olivat todella ankaria ja että he olivat tämän tontin, millä talo oli ostaneet, mutta että vasta vanhempani olivat tämän talon tähän rakentaneet. Muististani oli kadonnut se, että miksi niin päin asia oli suoritettu. Talon rakentamisesta oli todisteena yksi seinälle nostettu kehystetty kuva tuvan seinällä.

Nousin katsomaan sitä vaikka olin sen useasti nähnyt, mutta nyt ensimmäisen kerran oikeasti katsoin sitä.

Kuvassa talo oli noussut jo toiseen kerrokseensa. Yläkerrassa, suunnilleen siinä, missä entisen huoneeni ikkuna oli seisoi isäni ruskeissa shortseissa, paidattomana, työkaluvyö yllään. Kädessään hänellä oli vasara ja toisella kädellä hän vilkutti kuvan ottajalle. Alakerran ovella seisoi selin kuvaajaan nainen, joka katsoi niska kenossa ylöspäin, kohti isääni. Naisesta ei näkynyt kuin päälaki, hiukset valuivat hänen olkapäilleen, yli ruskean mekkopuvun jossa oli keltaisia kukkia. Ilmeisesti se oli äitini. Kuva oli otettu kauniina aurinkoisena päivänä, isäni ylävartalo oli hiessä ja virnistys oli leveä. Hän näytti iloiselta, tyytyväiseltä itseensä, elämäänsä ja siihen, mitä oli tekemässä.

***

Toivoin, että tietäisin isästäni enemmän.

Tiesin kyllä hänen vanhempiensa nimet, sen että olivat kuolleet ennen minun syntymääni sodan tuulten pyyhältäessä kotikyläni ylitse. Isäni oli ollut sotavauvana Tukholmassa, josta hän oli tullut takaisin Suomeen vasta 5-vuotiaana. Suomessa hänet oli sijoitettu lastenkotiin, jossa hän kasvaessaan oppi ammatin (puuseppä? maalari? kirjanpitäjä?).

Tuosta hetkestä eteenpäin minulla ei ollut mitään käsitystä isäni elämänvaiheista paitsi se, että hän kielsi minua lähtemästä kaveriporukassa uutta vuotta juhlimaan, koulun loppumista juhlimaan, koulun diskoon. Kaikkiin lähdin kuitenkin, livistin palotikkaita pitkin. Kaikki kiellot tuntuivat kaivavan suhteemme välissä olevan railon syvemmäksi ja leveämmäksi, kunnes lopulta tuskin edes puhuimme.

Nyt kaduin sitä, että en ollut kärsivällisempi, ymmärtäväisempi. Nyt kaduin hänen puolestaan sitä, että hän kieltäytyi antamasta minulle lupaa nuoruuden rientoihin, toivoin, että hän olisi ollut suvaitsevaisempi.

Toivoin, että olisimme puhuneet enemmän, että en nyt joutuisi kasaamaan mielikuvia hänen elämästään musta-valkoisista valokuvista.

Aamu

Olin nukkunut yöni vanhassa sängyssäni huonosti. Ennen nukahtamistani olin kuunnellut ääniä, joita en ollut vuosiin kuullut. Olin unohtanut, että öljypannun kohina kuului niinkin selvästi huoneeseeni. Myöskin olin unohtanut, että autojen ääniä ei kuulunut koskaan, olin unohtanut, kuinka hiljaista kotitaloni ympärillä oli. Ainoa mitä kuului, oli tuulen humina.

Jossain vaiheessa nukahdin. Ja yöllä heräsin painajaiseen, jota en ollut nähnyt vuosiin, en sen jälkeen kun olin kotoa pois muuttanut.

Lapsena yksi toistuvista painajaisista minulla oli, että muutamat hampaani turposivat suussani ja koska eivät mahtuneet turpoamaan tarpeeksi muiden hampaiden takia, ne hajosivat paloiksi. Tunsin selvästi suussani hammasmurskan kun heräsin. Kielelläni kävin hampaani lävitse eikä yhtään ei puuttunut. Katsoessani kännykästäni kelloa, se oli puoli kolme.

Mitään ei vieläkään kuulunut, mistään, aivan hiljaista.

Kaivauduin uudelleen tyynyyni ja yritin saada unen päästä uudelleen kiinni.

Silmieni sisäpuolella kuitenkin näkyi ainoastaan pehmeä ienliha, josta hampaat olivat murskaantuneet. Verta ei näkynyt, näin vain ienlihassa mustaa nestettä. Yritin saada näyn silmistäni ja unen päästä kiinni.

Jossain vaiheessa nukahdin.

***

En ollut nukkunut hyvin.

Silmäni olivat täynnä hiekkaa jota yritin saada pois pistäessäni kahvia tulemaan. Selkääni särki, patja oli huono.

Hiekkaa silmissäni oli edelleen kun alastomana seisoin yhdistetyssä WC-kylpyhuoneessa, katsellen isäni saippuaa. Olin unohtanut ostaa sitä kylältä ja nyt epäröin peseytyä kuolleen isäni saippuapalalla ja shampoolla.

***

Kahvin join portailla poltellen tupakan. Johanna oli myös haalareissaan tupakalla talonsa portailla. Nostin kahvikuppiani ja vinkkaisin, että nyt olisi kahvia.

Johanna moikkasi vastaukseksi ja lähti tulemaan.

"Huomenta" hän sanoi portaiden alapäästä.

"Maitoa? Sokeria?" kysyin noustessani.

"Ei tarvitse, minä tiedän, mistä kaikki löytyy" hän vastasi mennessään ohitseni.

"Toivottavasti et pahastu" hän sanoi tulleessaan takaisin ulos kuppi kädessään "tämä vain käy niin vanhasta tottumuksesta."

"Mikä ettei" vastasin ja sytytimme uudet tupakat.

"Nukuttiko hyvin?" hän kysyi

Kohautin olkapäitäni. "Ihan jees" valehtelin. "Saitko muotokuvat valmiiksi?"

"On siinä työtä, mutta hitaasti, hitaasti... tarvitsetko muuten laatikoita? Mulla ois. Maalini tulevat isoissa tukevissa laatikoissa ja niitä olisi tuolla. Olen hissukseen poltellut niitä takassa ja saunassa, mutta on niitä vielä".

"Mikä ettei, johonkin kai noita isän tavaroita on pantava. Kiitos."

Jälleen yhtäkkiä puheenaihetta vaihtaen Johanna sanoi: "Joku tulee".

Katsoin kummastuneena häntä.

"Auton ääni" hän vastasi selittävästi.

Katselimme molemmat tielle päin ja totta, nyt minäkin kuulin sen, auton äänen.

"Pankinjohtaja" Johanna sanoi auton kurvatessa ajotiellemme "tunnen auton".

"Huomenta" huikkasi pankinjohtaja Hakkarainen noustessaan autostaan ja kaivaessaan takakontista salkkunsa.

***

Pari tuntia ja parit kupit kahvia siihen meni, kun Hakkarainen kävi testamentin ja siihen liittyvät asiat läpi.

Kun hän oli lähtenyt jäin tupaan istumaan edessäni nippu papereita, muutamat tilisiirtokupongit ja pää täynnä ajatuksia.

Minulla oli nyt talo, joka oli kokonaan maksettu. Isälläni oli myös ollut säästöjä. Olin kyllä tiennyt, että perheelläni oli ollut metsää, mutta olin asian unohtanut.

Mutta en ollut tiennyt, että isä oli sen muutama vuosi sitten myynyt. Senkin jälkeen, kun kaikki verot sekä hautajaiset olisin maksanut, minulle jäisi kuitenkin käteen rahaa.

Lisäksi isäni oli testamentannut naapurin Johannalle 10% metsän myyntirahoista. "Ystävyydestä".

Mutta kuitenkin, kaikesta huolimatta, isäni oli jättänyt minulle rahaa.

***

Katselin portailta, kun Hakkarainen käynnisti autonsa.

"Jos kaipaat sijoitusneuvoja tai hyvä tuottoista säästötiliä, niin tule juttelemaan" hän vielä mainosti avonaisesta ikkunastaan.

Mielessäni soi vastaus "Suksi nyt vittuun siitä, vitun verenimijä, isäni kuoli vasta" mutta suustani tulivat sanat: "Pitää katella".

Katselin portailta Hakkaraisen auton takavaloja, kun ne etääntyivät. Maailma tuntui liikkuvan ihan liian nopeasti tällä hetkellä, ihan liikaa kaikkea, mihin pitäisi keskittyä. Toivoin, että maailma hidastaisi vauhtiaan, että saisin rauhassa istua ja pohtia ja yrittää saada jonkun otteen siitä, mitä minun pitäisi tehdä. Toivoin, että minulla olisi joku, jonka kanssa asioista puhua ja yrittää saada neuvoja tai edes kuuntelija.

"No? Oliko kauheata?" kuulin Johannan kysyvän aidan raosta.

***

"Älä viitti" Johanna lopulta sanoi.

Istuimme tupapöydän ääressä. Olin keittänyt lisää kahvia ja katselin ikkunasta, kun kiikkumme oli vallannut iso parvi pikkulintuja. Isäni oli pitänyt lintujen kokoontumista parviin yhtenä ensimmäisistä syksyn merkeistä ja mikä minä olin asiaa vastaan väittämään. Toivoin kuitenkin, että linnut eivät paskoisi koko kiikkua. En haluisi enää lisää tekemistä kaiken tämän oheen.

"Ihan tosi hei, ei." Johanna sanoi puoleen ääneen.

Käänsin katseeni hänen epäuskoisiin silmiinsä. Olin kertonut hänelle, että isäni oli hänellekin testamentannut rahaa.

"Eihän siitä.... eiku... eihän siitä voitolle jää kuin valtio, kun saavat perintöveron ja emmä.... emmä koskaan olettanut...."

"No, se nyt oli vaan faija. Se teki aina kaikkee kummallista ja niin kuin ite halusi" yritin selittää, mutta ei minulla ollut mitään sanottavaa. "No.... jos ei muuta, ni osta...." enkä keksinyt mitään ostettavaa.

Johannalla ei ollut mitään sanottavaa. Hän tuijotti minua silmiin, minä tuijotin häntä.

Halusin suudella häntä.

Hautajaiset

Olin yllättynyt kuinka paljon vieraita oli hautajaistoimisto saanut tulemaan niinkin lyhyellä varoitusajalla isäni hautajaisiin.

Kylän kirkko ei ollut iso ja toivoin, että vieraita ei tulisi niin paljoa, että penkit eivät riittäisi. Mutta riittävän iso kirkko oli aina ollut, aina sinne olivat mahtuneet kaikki halukkaat joulukirkkoon sekä pääsiäisen perinteiseen yö-jumalanpalvelukseen. Ruosteen punaisine peltikattoineen ja vaaleaksi maalattuine puisine seinineen kirkko oli aina ollut viehättävä näky. Vaikka kirkko oli jo yli sata vuotta vanha, oli se kuitenkin yksinkertaisen vaikuttava taivaaseen kurkottavine kellotorneineen. Kellotornissa oli myös ainoat koristeet, jotka kirkossa ulospäin näkyi, jopa ikkunanpuitteet olivat yksikertaisesta riu'usta tehdyt, ilman pitsisiä kaiverruksia.

Samassa kirkossa olin minäkin aikoinani ripille päässyt, mutta sen jälkeen en ollut kirkossa käynyt kuin yhden käden sormilla laskettavan määrän. Paras muistikuvani oli puiset penkit, joissa oli suora selkänoja 90 asteen kulmassa istuimeen nähden. Penkit, jotka saivat pakarat juilimaan, kun niissä istui yhden jumalanpalveluksen ajan. Ei siinä auttanut, vaikka välillä piti pompata ylös.

Heti kun oli pakaroissa saanut veren taas kiertämään, piti istua ja sama juiliminen alkoi taas.

Katselin kirkon pihalta heidän saapumistaan paikalle.

Mustissaan ja valkoisissa paidoissaan, asiaan-kuuluvasti surullinen ilme kasvoillaan, kukkapaketteja kantaen.

Olin käynyt pikaisesti ostamassa itselleni uuden mustan puvun ja kädet taskuissa seisoin ottamassa vastaan pahoitteluita ja valitteluita vastaan syksyisen auringon heittäessä ristejä ikkunanpuitteista kirkon aulaan. Hymähtelin ja kättelin, jotkut halusivat halata. Joidenkin kasvot olivat tuttuja jostain ajasta kauan sitten, joitakin en tuntenut kasvoilta ollenkaan. Jotkut tunsivat minut heti ja juttelivat parit sanat, muistoja jostain ajasta, jota en enää muistanut.

Isäni siskon tunsin. Samalta kuivakalta hän näytti, kurttuisemmalta, ja tuoksui edelleen samalle viinalle kuin muistin hänen aina tuoksuvan kun tapasin hänet.

Mietiskelin hajamielisesti, että kuka tulisi minun hautajaisiini.

Johannakin tuli ja istui lyhyen kättelyn jälkeen kirkon takaosaan. Emme olleet pikaista moikkausta lukuun ottamatta jutelleet testamentin luvun jälkeen. Olin ryntäillyt asioiden perässä ja paikasta toiseen, kiroillen, kuinka paljon työtä jonkun kuolema voikaan teettää, ja pakkaillen isäni ja jonkun verran myös vielä löytyneitä äitini tavaroita laatikoihin. Osan olin jo vienyt lahjoituksena kirkon kirpputorille, osan olin suoraan heittänyt kaatopaikalle, osan säästänyt myöhempää pohtimista varten. Kahden ihmisen elämä on loppujen lopuksi paljon tavaraa. Tavaraa, joka ei kuitenkaan ulko-puoliselle merkitse mitään. Enkä minä edes ollut niin ulkopuolinen, kuin se, joka tulisi minun tavarani selvittämään.

Ihmisten tuleminen harveni, polttelin vielä nopean tupakan ja keräsin rohkeutta astua eturiviin, kaikkien katseltavaksi. En pelännyt katkeran kirveleviin kyyneliin puhkeamistani, sillä tunsin itseni sisältä lähinnä tyhjäksi ja väsyneeksi. Jossain sisällä kuitenkin tunsin kyynellammikon kuplivan, odottavan ulospääsyä. En vieläkään ollut nukkunut entisessä huoneessani kunnolla.

Kaipasin vaimoani.

***

Pappi lopetteli saarnaansa siitä, kuinka isäni nyt olisi paremmassa paikassa, maallisen surun ja kivun tuolla puolen. Hän oli kertonut, että isällä oli ollut hyvä ja pitkä elämä, rakastava poika. Nostin kulmakarvojani, sillä en uskonut, että pappi oikeasti oli koskaan tavannut isääni. Että isälläni oli ollut paljon ystäviä.

Tulossa se jota, eniten kammosin, esiintyminen ihmisten edessä. Vaikka nuo ihmiset koostuivat sukulaisista, kammoksuin silti astumista heidän eteensä laskemaan arkulle kukkaset ja lukemaan siitä jäähyväiset. Pelkäsin, että kompuroisin ja kaatuisin. Pelkäsin, että änkyttäisin jäähyväisissä. Pelkäsin, että pieru livahtaisi ulos ja puhkeaisin mielipuoliseen nauruun.

Pyyhin hikoilevat kämmeneni housun lahkeeseen ja nousin. En ollut kuullut, että takarivistä oli joku muukin noussut. Hätkähdin kun joku koski käsivarttani.

"Mennään" sanoi Johanna vierestäni.

En sanonut mitään, menimme vierekkäin seinustalla olevalle kukkatelineelle, josta nostin oman kimppuni ja Johanna omansa.

Katselin hetken arkkua hypistellen kukista roikkuvaa muistonauhaa jossa luki "En koskaan unohda".

Oli vaikea uskoa, että tuossa valkoisen kankaan päällystämässä arkussa makasi mies, joka oli minut saanut alulle. Mies, jota olin pelännyt ja kunnioittanut. Mies, jota olin vihannut ja rakastanut, inhonnut ja ihaillut. Mies, joka oli minulle opettanut elämästä paljon mutta ei kuitenkaan mitään. Mies, jonka kanssa olin jakanut

yhteisen talon parikymmentä vuotta mutta en kuiten-
kaan tuntenut ollenkaan, mutta jonka kanssa en ollut
osannut puhua.

Yritin kohottaa katseeni arkusta, vilkaista Johanna,
mutta en kehdannut. Tunsin kyynelien valuvan kasvoil-
leni.

Johanna koski jälleen käsivarttani ja otti kukkakimppuni
ja luki hiljaisella äänellä siitä muistolauseen ja asetti sen
arkulle, suunnilleen isäni kasvojen kohdalle.

Yritin kyynelteni läpi nähdä kukat, en nähnyt ja Johanna
talutti minut paikalleni ja meni omalle paikalleen huo-
neen takaosaan.

***

Nieleskellen ja silmiä pyyhkien kuuntelin muiden ta-
saista marssia arkulle. Kuuntelin muistolauseita ja vil-
kuilin ihmisiä, jotka arkulla käytyään pysähtyivät eteeni
ja kumarsivat. Yritin panna mieleeni arkulta kuuluneita
nimiä ja yhdistää ne edessäni käyviin kasvoihin.

Kukkia ja muistolauseita tuntui kestävän loputtomiin.
Niiden loppuessa tunsin oloni täysin voimattomaksi, jal-
kani olivat heikot, selkäni hikinen. Olin varma, että kun
nousisin, jäisi penkille hiestäni kondensoitunut kuva pa-
karoistani. Vaikka kuinka itseäni motivoin ja yritin

kannustaa, en saanut itseni ylös penkistä. Katselin mitään näkemättömin silmin kädessäni olevaa virsikirjaa ja kuuntelin, kun ihmiset poistuivat kirkosta kohti seurakuntasalia, jossa pappi oli sanonut olevan kahvia.

Luulin kirkkosalin jo tyhjenneen, kun viimein laskin vihreän muovikantisen virsikirjan viereeni ja nousin. Johanna istui edelleen kirkon takaosassa, toinen käsi tuolin selkänojalla.

En sanonut mitään ohittaessani hänet, mutta tällä kertaa kuulin hänen nousevan ja tulevan perässäni ulos.

Vedin syvää, viileää mutta kirkasta ilmaa. Tunsin viilentävän ilman käyvän hikiselle iholleni. Jokunen muukin oli tupakalla, mutta ei tullut puhumaan. Olin kiitollinen siitä.

Kaivelin taskustani tupakat ja taputtelin löytääkseni tulen.

Johanna tarjosi tulta.

"Kiitos" sanoin hänelle loppujen lopuksi.

"Ei mitään, kattelin että tunnuit olevan pikkasen eksyksissä ja halusin auttaa." hän selitti.

Enempää ei ollut sanottavaa. Menimme kahville.

***

"Tule tänne" huikkasi isäni sisko vetäen esille ainoaa
vapaata tuolia neljän istuttavassa pöydässä. Vilkaisin
Johannaa vieressäni, mutta hän vain kohautti olkapäi-
tään ja meni hakemaan kahvia ja istumaan toiseen pöy-
tään.

Olin odottanut tätini tapaamista. Mieleeni oli juolahta-
nut, että hän varmastikin osaisi kertoa kaikenlaisia tari-
noita isästäni, siitä millainen hän oli ollut poikana ja tei-
ninä. Jotain yksityiskohtia, jotka muodostaisivat hänestä
minulle hieman monipuolisemman kuvan. Mutta en
tiedä miten se oli mahdollista, mutta tätini tuntui olevan
enemmän humalassa kuin siunaustilaisuuden alkaessa.

"Olet lihonnut" hän töksäytti istuessani kahvin ja kak-
kupalan kanssa "mutta niin oli isäsikin".

"No…." yritin aloittaa, mutta en saanut edes ajatusta
loppuun kun hän oli jo äänessä.

"Onko tuo uusi naisesi, miksi et esitellyt häntä?"

"Ei ku naapuri, isän ystävä" yritin vastata, mutta en ol-
lut varma, oliko hän kuullut, kun hänestä tuli lisää ääntä,
joka peitti sirinällään salissa vallitsevan kahvikuppien
kilinän ja vaimean puheensorinan alleen.

"Isäsi oli hyvä veli, kiltti ja reilu. Ei lyönyt eikä varasta-
nut" kuulin hänen sanovan. Toivoni heräsi, että nyt

saisin lihaa isäni haamun ympärille, mutta niin ei ollut oleva.

Tätini tarttui uudestaan Johanna-aiheeseen, antoi neuvoja siitä, miten saisin tämän liiton kestämään ja mistä varmasti johtui, että avioliittoni oli kariutunut. Sain neuvoja, ohjeita ja haukkuja tasaisena virtana.

Lopetin hänen kuuntelunsa ja yritin keskittyä kahviin ja kakkuun. Hänen äänensä muuttui korvissani tasaiseksi hurinaksi ja mielessäni vaelsin ajatukseen, jota olin pyöritellyt päässäni paljon.

Yritin keksiä, että halusinko oikeastaan edes enää asua isossa kaupungissa.

Isältäni jäänyt perintö mahdollistaisi sen, että voisin myydä asuntoni kaupungissa ja muuttaa tänne, kotikylääni, velattomaan taloon.

Ei minulla täällä työtä olisi, mutta jonkun aikaa tulisin mukavasti toimeen perinnöllä.

En edes oikeasti tiennyt, millä päiväni täällä täyttäisin, mutta oletin, että voisin vaikka katsoa televisiosta kaikki mahdolliset ohjelmat ennen saunomista ja saunomisen jälkeen vaikka käydä vessassa.

Ei minulla täällä kummoisesti ystäviä olisi, mutta ei niitä kummoisemmin ollut kaupungissakaan.

En tiennyt mitä tehdä.

Olin kahden vaiheilla. Eksyksissä.

***

Olin isännän ominaisuudessa karannut humaltuneen tä-tini luota kiertelemään muissa pöydissä.

Mielelläni en sitä tehnyt. En ole hyvä small talkissa taikka tuntemattomien ihmisten kohtaamisessa, mutta minun oli pakko päästä karkuun.

Kiertelin pöydissä ja jo ensimmäisessä huomasin, että ei minun tarvinnut sanoa kuin, että "Ottakaa lisää kakkua, en halua viedä sitä mukanani kotiin", niin muut kyllä hoisivat puhumisen.

Kättelin ihmisiä, kuuntelin nimiä ja sukulaissuhteita mi-nuun, mutta olin luovuttanut painaa niitä mieleeni.

Melkein jokainen vannotti, että pitäisin yhteyttä, kuun-telin lupauksia, että he pitäisivät yhteyttä. Olimme kaikki aikuisia, tiesimme, että emme tulisi tapaamaan kuin seuraavan kerran seuraavissa hautajaisissa.

***

Kahvi loppui tarjoilupöydän suuresta termoksesta eikä enää kukaan tullut sitä täyttämään.

Pappi ilmoitti ilmoitusluonteisesti, että uurnan

laskutilaisuus olisi parin päivän päästä ja että kaikki olisivat tervetulleita. Se oli kuin lähtölaukaus.

Vieraat ottivat sen vinkkinä tilaisuuden loppumisesta ja alkoivat lähteä takaisin omiin elämiinsä.

He jonottivat luokseni. Tunsin olevani väsynyt jeesus joka oli sanonut "Tulkaa tyköni, olen johtajanne" ja kiittivät kauniista tilaisuudesta. Serkkuni vilkutti ovelta kannatellen äitiään käsivarresta. Tätini toisessa kyynärvarressa oli Johanna, vinkaten ovelta. Tätini askel oli epävaakaa ja epäsuora. Olin nähnyt hänen kaatavan isosta peltisestä taskumatista kahviinsa jotain, mutta ei hän muille pöydässä ollut tarjonnut. En usko, että kukaan muu olisi halunnutkaan.

Salin toisessa päässä olevasta ovesta tuli kaksi seurakunnan nuorta tyttöä tarjoilijan asuissa ja alkoivat kerätä astioita ja siivoamaan salia. Pappi halusi tietää, mitä tekisin jäljellä olevalle kakulle ja pipareille. Kehoitin häntä syömään ne rippikoululaisten kanssa. En tosin tiennyt, että oliko rippi-kouluaika.

***

"Hyvinhän se meni" totesi Johanna illalla pihakeinussa istuessamme.

Molemmilla meillä oli päällä takit, illat alkoivat olemaan jo kylmiä. Johanna oli mukanaan tuonut vielä sinisen fleece-kankaisen torkkupeiton, jonka oli levittänyt jaloilleen.

Kohautin olkapäitäni. "Paitsi mitä nyt täti oli kännissä kuin ankka."

Johanna naurahti. "Metka tapaus".

"Juoppo. Samanlaisen shown se järjesti mutsinkin hautajaisissa".

"Syöpäkö se oli joka, äitisi vei?" Johanna kysyi. "Kyllä Jaska sen mainitsi, mutta ei se halunnut siitä pahemmin puhua".

"Syöpä" myönsin.

Äiti

"Syöpä" sanoi äitini tupapöydän päästä eräänä iltapäivänä.

Tunsin, kuinka ruumiini muuttui kylmäksi ja nihkeäksi.

"Ja se on pitkällä, mitään ei ole oikeastaan tehtävissä. Ei mitään muuta kuin odottaa" hän sanoi.

En uskaltanut katsoa ylös vahakankaisesta pöytäliinasta.

Isäni karautti kurkkuaan, mutta ennen kuin hän ehti mitään sanoa, vastasi äitini kysymykseen, joka oli mielessäni ja ilmeisesti myös isäni mielessä.

"Kuukausi, ehkä kaksi".

***

Äitini oli jo pari kuukautta voinut pahoin. Oksentanut ja ollut voimaton. Ei ollut syönyt kunnolla, hyvä kun sai veden pysymään sisällään. Hän oli aina ollut isokokoinen mutta viimeisten kuukausien aikana hän oli kuihtunut kuin kukkapenkki syksyllä.

Ennen olimme koko perhe keskenämme käyneet lauantaisin saunassa, mutta se oli loppunut. Nykyään äitini kävi vain suihkussa ja minä isäni kanssa saunoimme.

Nousin huokaisten pöydästä ja halasin äitiäni. Olin kyllä hänen kutistumisensa huomannut, mutta ennen tätä

halausta, en ollut tajunnut, kuin raskasta tuo näivettymi-
nen oli ollut.

En tuntenut muuta kuin roikkuvaa lihaa ja luuta. Sekä
sen tuoksun, jonka tulevien kuukausien aikana aloin yh-
distämään kuolemaan.

Äitini taputti kättäni ja sanoi: "Noh, ainakaan ei enää
huonommaksi voi muuttua".

Isäni ei sanonut mitään. Minä poistuin huoneeseeni.

***

Äitini kuoli kotona, mutta siihen meni enemmän kuin
kaksi kuukautta.

Joka päivä koulusta tullessani, pelkäsin, että löytäisin
hänet makuuhuoneesta kuolleena. Äitini kotoa kuol-
leena löytymisestä tuli minulle hyvin paha pelko joka
koulumatkalleni.

Hän kitui ja sinnitteli likemmäksi puoli vuotta. En tien-
nyt, toivoiko hän elämän jo jättävän hänet taakseen ja
lopettavan kärsimykset, mutta kynsin ja hampain elä-
mänliekki pureutui hänen lihaansa eikä päästänyt irti.

Yleensä hän istui keinutuolissaan katselemassa televi-
siota, kunnes muuttui liian heikoksi edes siihen. Sen jäl-
keen hän vain makasi vuoteessaan, vaipoissaan.

Äitini kieltäytyi ehdottomasti lähtemästä sairaalaan kuolemaan. Terveydenhoitaja kävi kahdesti päivässä katsomassa tilannetta. Hän vaihtoi uuden pullon tippaan josta elossa pitävä kirkas neste valui äitiini tippoina. Tipassa oli mukana myös kipulääke, että äitini ei tarvinnut ainakaan pohjattomasti kärsiä.

Tarpeen vaatiessa he myös vaihtoivat vaipat. Isäni vaihtoi muina aikoina. Ei niitä usein tarvinnut vaihtaa, mutta silloin tällöin. Ei äidiltäni paljoa ulos tullut, koska mitään oikeastaan ei sisäänkään mennyt.

Mutta joka kerta, kun kotiin tulin, ovella minua tervehti kitkerä kuoleman tuoksu. Olin varma, että eteisen tuolilla se myös istui, viikate kädessään, säkkikankainen huppu silmillä, odottamassa.

***

Eräänä sunnuntaiaamuna, äiti ei enää herännytkään, mutta ei ollut aivan kuollutkaan. Hän hengitti hyvin pinnallisesti, peittokaan ei liikkunut.

Lääkäri tuli nopeasti isäni soitettua, tutki ja huokaisi. "Ei enää kauaa".

Hain tuvasta jokaiselle meille oman tuolin ja istuimme kaikki kolme äitini sängyn ympärillä. Katselin ikkunasta saunaa, isäni katseli käsiään ja lääkäri aina välillä kuunteli äitini sydäntä ja hengitystä. Yritin kuvitella, millainen äitini oli ollut silloin joskus, nuorena, ennen isääni. Ennen kuin minä olin edes ajatus. Yritin muistella yhteisiä hetkiä äitini kanssa. Yritin kuvitella, että olinko ollut hyvä poika vaiko joku, joka ei ollut kiitollinen siitä mitä oli.

Mutta sitten, yhdellä syvällä huokaisulla äiti kuoli. Ei siihen mitään dramatiikkaa liittynyt. Yksi syvä henkäisy ja yksi ihmiselo oli loppunut.

Päätös

Kun heräsin samana päivänä, jolloin oli isäni tuhkien lasku, en herätessäni tiennyt, että olin tehnyt päätöksen. Keitin kahvin kuten aina, menin aamun ensi tupakalle portaille kuten aina, pistin puhelimeen äänen kuten aina ja vilkaisin naapuriin, että näkyisikö Johannaa kuten aina. Tiesin kyllä, että häntä ei nyt näkyisi vähään aikaan, sillä hänen miehensä oli eilisiltana tullut komennukselta kotiin. Meidät oli esitelty toisillemme mutta siihen se oli jäänyt. Olin kateellisena katsellut, kun hän käsi kädessä Johannan kanssa meni taloon sisälle.

Istuin kylmällä portaalla ja kaivoin puhelimesta esille firman lääkäriaseman puhelinnumeron. Soitin ja sain lääkärin suoraan puhelimen päähän.

Esitin asiani, että ahdistaa, että en nuku enkä pysty tulemaan töihin. Lääkäri oli hyvin ymmärtäväinen ja kirjoitti kuukauden lisää sairaslomaa.

Kaivoin esille esimieheni numeron. Paijasin peukalolla vihreää luuria hänen nimeään puhelimen näytöltä. Ennen kuin puhelimeni näytönsäästäjä kytkeytyi päälle tuoden esiin kellonajan sytytin toisen tupakan ja painoin vihreää luuria.

Yllätyksekseni esimieheni vastasi heti, normaalisti häntä oli vaikea saada kiinni, mutta nyt hän vastasi.

Kerroin, että olin saanut kuukauden lisää sairaslomaa ja että se aika voitaisiin pitää irtisanomisaikanani.

Puhelimesta ei kuulunut mitään.

"Haloo?" kysäisin, sillä epäilin puhelun katkenneen.

"Kyllä, joo, olen täällä...." kuulin esimieheni äänen, "Tämä tuli vain niin yllättäen".

Seuraavat minuutit kuuntelin kärsivällisesti, kuinka esimieheni kertoi, että olin kuitenkin korvaamaton yritykselle, että enkö vielä harkitsisi.

Mieleni teki sanoa kaikki se mitä olin vuosien varrella padonnut sisääni ja äyskäistä esimiehelleni, että "Tunge se saatanan duuni vittu vaikka perseeseesi", mutta pidin itseni aikuisena enkä sanonut mitään. Sen sijaan kerroin, että työtodistuksen voi lähettää kotitaloni osoitteeseen, että työpöydälläni olevat tavarat, samoin kuin laatikoissa olevat, voi heittää roskiin, ei siellä mitään ole, minkä haluaisin mukaani ottaa.

"Mutta kai sinä nyt edes läksiäiskahville tulet" yritti vielä johtajani.

"Joo, tulen, ellei ole sitten täällä kiire" vastasin ja tiesin jo silloin, että minulla oli kiire kahvipäivänä.

Siunaus

Iltapäivän tullessa ja tuhkauurnan laskun lähestyessä yritin taikoa mieleeni asiaankuuluvaa, edes lievää, alakuloisuutta, en sitä saanut.

Mieleni oli täynnä voittoa, onnistumista ja helpottumista. Tunsin kääntäneeni uuden lehden elämässäni, että olin aloittamassa uuden luvun. Aamupäivän aikana olin toivottanut kadotukseen sen osan elämästäni, josta olin ollut taloudellisesti riippuvainen ja joka oli ajanut minut useammin kuin osasin edes laskea epätoivoon.

En nähnyt edessäni mitään, mitä elämälläni alkaisin tekemään ja mihin suuntaan sitä alkaisin suuntaamaan.

Enkä kokenut sitä pahaksi asiaksi. Näin, että vihdoinkin minulla olisi mahdollisuus muokata loppuelämäni sellaiseksi, kuin itse sen halusin.

Ainoa, mitä varmana tiesin, oli se, että myisin asuntoni ja raakkaisin tavaroistani rankalla kädellä ne, joita en olisi tarvinnut vuoteen ja muuttaisin elämäni syntymäkylään, josta en aikoinaan voinut odottaa pois pääseväni.

Uudessa valkoisessa paidassani, uudessa mustassa puvussani mutta isäni vanhassa mustassa kravatissa suuntasin kohti kirkkoa ilo mielessäni.

***

Sain uurnan pakettiauton takakontista. Oli Hi-Ace sentään musta, mutta jotenkin sen tuntui silti häväistykseltä. Kylällä ei ollut omaa krematoriota, mutta silti, pakettiauton takakontista. Aivan kuin olisin ollut ostamassa mustalaiselta nahkatakkia.

En kommentoinut asiaa, keräsin astian kainalooni ja papin kanssa lähdimme hitaasti kävelemään kohti hautapaikkaa.

Pappi ei puhunut mitään eikä minullakaan ollut mitään sanottavaa.

Mukanamme oli myös tätini. Hän tuli pikkaisen takanamme, kumarassa ja isoissa aurinkolaseissa. Serkkuni oli, kuulemma, jo lähtenyt takaisin kotiin. Serkulla oli, kuulemma, niin kiireinen elämä ja aikataulu, että hänellä ei ollut aikaa tänne enää tulla. Olin tarinalle kohauttanut olkapäitäni, sillä suurin juhlahan oli jo ollut. Ei tämän jälkeen ollut edes kahvitarjoilua motivoimaan läsnäoloa.

Kävellä rapistelimme maahan pudonneiden lehtien läpi. Mielessäni hyvästelin kesän jonka tuloa en ollut huomannut. En ollut myöskään nauttinut kesästä, vaikka normaalisti kesä oli se, jota varten elin. Nyt oli jo syksy alkamassa ja sitten olisi taas talvi.

Taivaalla roikkui yhtenäinen harmaa pilvimatto, lupaillen sadetta, mutta ainakaan vielä ei putoillut. Toivoin, että sade vielä sen verran pidättelisi, että ei kastelisi. En tiennyt, mitä olisi pitänyt tehdä, että saisin uuden pukuni kuivaksi sitä pilaamatta.

Toivoin, että olisin pikkutakkini sijaan pukenut päälleni jotain lämpimämpää, kylmä pohjoisen tuuli puri suoraan läpi takkini ja paitani.

Toivoin, että pappi olisi pikkaisen nopeammin kulkenut.

Sukuhautamme oli likellä hautausmaan aitaa, jonka takana oli parkkipaikka ja kylän raitti. Raitilla pöristeli tutun näköinen mopoauto ja parkkipaikalla seisoi tumma henkilöauto, jonka ovi aukesi, kun lähestyimme.

Johanna nousi autosta ja katseli kulkuettamme. En kehdannut moikata eikä hänkään muuta tehnyt kuin katseli.

Autossa, kuskin paikalla istui hänen aviopuolisonsa, joka ei kuitenkaan autosta noussut. Ilmeisesti hän ei ollut niin tuttu isäni kanssa, että olisi kokenut tarpeelliseksi nousta autosta kunnioittamaan tilannetta.

Pysähdyimme sukuhaudallemme. Sille oli jo kairattu uurnan mentävä reikä maahan. Sukukivemme takana oli kaira, jolla reikä oli tehty, sekä pieni tumman ruskea kasa hiekkaa. "Huolimatonta" ajattelin, mutta en vieläkään kommentoinut mitään.

Pappi pysähtyi ja kaivoi takkinsa taskusta pienen Raamatun. Hän katseli kiveä, johon ei vielä oltu hakattu isäni tietoja. Olin kuitenkin varannut kiviveistämöltä ajan, että hakevat ensi viikolla kiven ja kirjailevat tiedot siihen. Katselimme kaikki maassa olevaa reikää harjoitellun surullisen näköisenä.

Pidin uurnaa kainalossani ja mietin, että pitäisikö minun se reikään donkata vai miten asia olisi suoritettava. Sieluni silmin näin, kuinka tiputin uurnan reikään ja se joko aukesi tai jäi kuoppaan lintalleen eikä tippunut pohjaan asti. Mietin, että oliko uurna ruuveilla kiinni vai ihan vain korkilla, kuten viinipullo. En kehdannut alkaa asiaa tutkimaan.

Mietteissäni oli missanut papin puheen alun. En myöskään ollut huomannut, että jostain puun takaa oli tullut paikalle haalaripukuinen mies, joka otti lippiksen päästään tullessaan lähemmäksi. Toisessa kädessä hänellä oli pitkät pihdit, joiden otinpäässä oli laajan o:n muotoisen aukon muodostava kaari.

Pappi puhui mitä puhui, en oikeastaan kuunnellut. Katselin maahan ja tunsin, kuinka paikalle tullut mies tuijotti minua. Vilkaisin takaisin, mutta käänsin taas katseeni maassa olevaan aukkoon, mutta nostin katseeni mieheen uudestaan, sillä hänessä oli jotain tuttua. Katseemme kohtasivat ja näin miehen suupielen nykivän. Hän kuitenkin sai itsestään otteen eikä puhjennut nauruun, joka hänellä näytti olevan lähellä.

"Ammattimies" ajattelin. "Mutta vittuako se tossa virnuilee?"

Kuitenkin, miehessä oli jotain todella tuttua.

***

Pappi lopetti jutustelunsa ja vinkkasi haalarimiehen luokseen samalla kurottautuen ottamaan isäni tuhkia kainalostani.

En olisi halunnut päästää niitä. En muistan isääni koskaan halanneet, hyvä jos kätelleen. En ollut koskaan sanonut "Kiitos, että kasvatit ja elätit" taikka "Minä rakastan sinua".

Nyt kaikki tuo tuntui ihan liian tärkeältä, että ne olin jättänyt tekemättä.

Pidin tiukasti kiinni ruukusta ja kaikki iloisuus oli mielestäni pyyhkäisty pois. Poissa oli myös närkästykseni pakettiautosta, kairasta kiven takana taikka siitä, että useampi ihminen ei ollut kuoppaan panijaisiin vaivautunut tulemaan. Ainoa mitä tunsin, oli kuumat kyyneleet silmissäni. Annoin niiden valua poskilleni.

Annoin papille uurnan häntä katsomatta ja kaivoin taskussani olevasta Nessu-paketista paperin alkaen kuivailemaan silmiäni. Takanani myös tätini nyyhkytti.

Pappi ojensi uurnaa pikkuisen alas ja eteenpäin antaen haalarimiehen ottaa siitä pitkillä pihdeillä kiinni ja laskea sen maassa olevaan reikään.

Katselin uurnan katoamista maahan ja astuin vielä askeleen lähemmäksi nähdäkseni sen vielä reiän pohjalla.

Tätinikin tuli katsomaan sitä. Ei se näyttänyt mitenkään ihmeelliseltä. Se vain näytti vaalealta ympyrältä maassa olevassa reiässä.

Haalarimies otti kiven takaa, kairan vierestä lapion ja katsoi odottavasti pappia, joka taas katsoi odottavasti minua.

Nyökkäsin papille ja pappi nyökkäsi haalarimiehelle, joka alkoi hitaasti lapioimaan hiekkaa reikään. Ei kuulunut tömähdystä ei oikeastaan mitään, kuoppa vain täyttyi nopeasti.

"Meillä on tuolla sakastissa ne isänne hautajaisissa olleet kukat. Haluatteko ne haudalle?" kysyi pappi. Nyökkäsin, sillä en tiennyt mitä muutakaan niillä olisin tehnyt. Sillä pappi kuittasi tilaisuuden päättyneen. Kiitin kätellen kauniista tilaisuudesta.

Haalarimies lopetteli kuopan täyttämistä, ei kuitenkaan taputtanut lapiolla koholle jäänyttä maata tasaiseksi, kuten olin odottanut ja vilkaistessani parkkipaikalle näin Johannan lähteneen ja tilalle tulleen kylän ainoan taksin. "Tuo on minun" sanoi tätini nyökäten kohti taksia. Kättelimme ja hän lähti.

Jäin yksin seisomaan isäni haudalle. Siellä hän tai ainakin kaikki mitä yhden ihmiselämän kestäneen ruumiista oli jäljellä, lepäsi, äitini vierestä. Jonkun ajan kuluttua, minun oli määrä samaan paikkaan päätyä.

Huokaisten ja vielä kerran silmiäni pyyhkien lähdin hitaasti haudalta poispäin.

"Hei!" kuulin takaani. "Hei! Odotas!"

Käännyin ja näin haalarimiehen katselevan minua. Hän tuli luokseni, hymyillen. Nähdessäni tuon hymyn, tunnistin hänet heti. Hymy, jossa oli enemmän ikeniä kuin hampaita. Hän oli aina hymyillyt noin. Jo silloin kun tunsin hänet parhaana ystävänäni ollessani pikku poika.

Tuo hymy.... en ollut koskaan suuremmin pitänyt siitä, kuinka hänen ylähuulensa rullaantui ylös ja paljasti yläikenen kokonaan. Nyt tunsin pitäväni siitä vielä vähemmän, kun huomasin, että häneltä puuttui (ainakin ylhäältä) muutamia hampaita.

Tiemme olivat erkaantuneet kun olimme lukion päättäneet. Olimme lakkijaisiltana luvanneet ja vannoneet, että kesän jälkeen viimeistään tapaamme, mutta ei niin kuitenkaan käynyt. Yhteydenpito vain jäi ja sitten unohtui kokonaan.

Huomasin hymyileväni minäkin, nyt kun pitkästä aikaa kohtasin ystäväni sieltä jostain, ajasta jolloin kaikki oli vielä edessä ja uutta.

***

Hymyilin vielä, kun erosimme, hän tekemään töitään hautausmaalla, minä kohti uutta, mutta vanhaa, koti-taloani. Olimme kuitenkin sopineet, että tapaamme heti seuraavana lauantaina. Olin luvannut lämmittää saunan ja hän oli luvannut tuoda oluet. Olimme jopa vaihtaneet puhelinnumeroita, että tapaamisemme varmasti tapahtuisi. Lupasin jopa soittaa perään, jos hän ei ilmestyisi. Ilo oli uudestaan astunut sisälleni, kun hitaasti ohi meneviä hautakiviä katsellen kuljin kohti parkkipaikkaa.

Vaikka se oli aivan sukuhautamme vieressä, jouduin kuitenkin pienen kiertolenkin tekemään, sillä portti oli melkeinpä hautausmaan toisella puolella sukuhaudastamme nähden.

Kiviä ja nimiä lipui ohitse ja puolihuolimattomasti tavasin sukunimiä. Kunnes yksi pysäytti minut.

Katselin kiveä, jossa oli isolla perheen sukunimi ja sen alla ensin naisen nimi, sitten miehen nimi ja jälleen naisen nimi. Ensimmäisenä oleva nimi oli kuollut nuorimpana.

He olivat naapurimme talosta, jossa nykyään asui Johanna.

He olivat kuolleet kaikki kolme kolmen vuoden sisällä toisistaan.

Naapurit

He asuivat naapurissamme jo, kun minä synnyin. Tytär heille oli syntynyt vuotta ennen minua. Ennen kuin kumpikaan meistä aloitti koulun, leikimme yhdessä jommankumman pihalla tai kotona lähes päivittäin. Harvemmin yksiksemme leikimme. Olimme ystäviä. Häneltä sain ensimmäisen suudelmani saunamme takana. Olin silloin vissiin viisi vuotta, mutta silti sen muistin, paremmin kuin ensimmäisen suudelman ex-vaimoni kanssa. Samalla naapurin tytär myös ilmoitti, että kun meistä tulee aikuisia, me menisimme naimisiin. Jollain tasolla toivoin niin käyvän.

Koulussa hän oli minua ylemmällä luokalla. Koulusta hän myös löysi uusia ystäviä, joiden kanssa alkoi olemaan. Mitä vanhemmaksi tulimme, sitä harvemmin yhdessä leikimme. Aikaa myöden vuoden ikäeromme kasvoi niin suureksi kysymykseksi, että emme oikeastaan muuta kuin nyökänneet kun koulussa tapasimme emmekä myöskään vierekkäin istuneet vaikka samalla koulukyydillä kuljimme.

Kuitenkin olin edelleen ihastunut häneen. Pidin hänen pitkistä tummista hiuksistaan ja siitä, että hänelle oli kasvanut rinnat erään kesän aikana. Olin kuitenkin varma, että ei tuntenut minua kohtaa mitään muuta kuin naapuruutta. Usein minä kuitenkin toivoin muuta, mutta en asian eteen osannut mitään tehdä.

Ajan kuluessa hän löysi poikaystävän kylän "pahoista pojista" ja niillä riennoilla hän juoksi iltaisin. Itse en juossut kouluaikana oikein missään. Vietin vapaa-aikani lähinnä huoneessani tutkien toisen maailmansodan lentokoneista kertovia kirjoja ja kokoamalla muovisia pienoismalleja.

***

Hän valmistui ennen minua lukiosta ja lähti opiskelemaan kaupunkiin, kirjallisuutta yliopistoon. Aluksi hän kävi kotona usein, joka viikonloppu. Mutta ilmeisesti opiskelijariennot alkoivat viemään liikaa aikaa, koska vierailut harvenivat ja harvenivat, kunnes yhtenä iltana sängyllä maatessani tajusin, että en ollut nähnyt häntä kahteen kuukauteen.

En kuitenkaan pitänyt sitä pahana, ajatus vain tuli mieleeni. Minulla silloin oli jo oma tyttöystävä ja olin niin rakastunut, kuin teini voi vain olla. Poikuudestani olin päässyt eroon sohivalla kolme minuuttisella tyttöystäväni huoneessa. Olin kokoajan pelännyt, että joku tulee

kesken kaiken kotiin. Käytetyn kondomin olin piilotta-
nut tyttöystäväni vaatekaapin taakse.

Jossain vaiheessa kuulin, että naapurin tytär oli löytänyt
miehen kaupungista ja että he olivat muuttamassa yh-
teen. Naapurin isäntä näytti kuitenkin hämmentyneeltä
kertoessaan asiasta, ikään kuin hän ei olisi varma, että
oliko asia hyvä vai huono. "Ei minua ole vielä edes esi-
telty tuolle sulholle" hän kertoi.

***

Jostain syystä tuon jälkeen ei kulunut kauaakaan, kun
naapurin tytär muutti takaisin kotiin. Näin ikkunastani,
kun naapurimme auto tuli pihaan. Isäntä kaivoi takakon-
tista matkalaukun ja auttoi tyttärensä autosta ulos.

En ollut kuullut ensimmäistäkään vinkkiä, että tytär olisi
tulossa kylään saatika sitten tulossa niin pitkäksi aikaa,
että tarvitsisi matkalaukun.

He menivät nopeasti sisään, tytär nojasi tiukasti isänsä
käsivarteen.

***

Tulevina viikkoina en tytärtä paljoakaan nähnyt eikä
naapurin herra taikka rouva tavanomaisen usein käyneet
iltakahvilla luonamme.

Joskus iltaisin näin tyttären yläkerran huoneestaan

kajastavassa valossa hänen istuvan ikkunan ääressä ja katselevan meille päin. Mutta minulla oli tyttöystävä enkä kokenut tarpeelliseksi hänelle moikata tai yrittää saada katsekontaktia. Joinakin iltoina sammutin oman valoni ja katselin häntä. Kuvittelin olevani salapoliisi. Harjoittelin vakoilua ja tarkkailua. Vielä silloin toiveammattini oli jonakin päivänä tulla yksityisetsiväksi. Useimpina iltoina hän vain istui ikkunassa, katsellen ulos. Suurin liike oli, kun hän pyöritteli hiuskiehkuraa sormensa ympärille. Hän istui ja katseli ulos.

Ei muuta.

***

Aikaa kului viikon verran. Se kului, kuten aika teininä kuluu, ei sitä edes huomannut. Viikko vain kului ja tajusin, että en ollut viikkoon nähnyt valon vilahdustakaan naapurin tyttären huoneesta.

Eräänä päivänä tullessani koulusta, naapurimme pihalla seisoi kylän poliisiauto.

Myöhemmin kuulin, että poliisi oli tullut paikalle ottamaan katoamistietoja vastaan naapureiltani. Hekään eivät olleet tytärtään nähneet viikkoon. Nimismies keräsi tiedot ja pisti etsinnät päälle. Naapurit ostivat paikallislehdestä mainostilaa. Siinä he kyselivät, että "onko joku nähnyt" ja pyysivät ottamaan ensi tilassa yhteyttä.

Kului viikko ja melkein kokonaan toinenkin. En oikein tiedä miten se kävi ilmi ja mistä isä sen huomasi, että tytär oli hukuttautunut kaivoomme. Ilmeisesti hän oli ollut siellä koko pari viikkoisen. Siinä kaivossa, josta otimme saunaan pesuveden mutta jota luojan kiitos emme juoneet.

Löydöstä nousi hirvittävä haloo, paikalle tuli etsintöjä johtava nimismies ja palokunta ja VPK. Sukeltajat sukelsivat ja saivat turvonneen ruumiin ylös.

Nimismies pystytti näköesteeksi kaivon ympärille kevyet seinät, mutta kattoa siinä ei ollut. Yläkerran ikkunastani katselin toimintaa ja näin, kuinka kokonaan mustat vaatteensa ratkeamiseen asti täyttävä ruumis nousi kaivosta. Pitkät mustat hiukset kasvoilla estivät minua näkemästä hänen kasvojaan, mutta olen aivan varma, että hän katseli minua. Vedin verhot ikkunaan ja menin peiton alle piiloon. Tärisin hysteerisesti niin kauan, että kuulin mekkalan pihalla vaikenevan ja alaoven käyvän, kun isäni tuli sisään. Ryömin peiton alta jalat edelleen täristen ja menin katsomaan isääni. Löysin hänet seisomasta keittiöstä. Hän vilkaisi olkansa yli, kun kuuli minun tulevan tupaan.

"Löysivät sen taskusta minigrip pussista kirjeen" hän sanoi.

Mietin, että mitä minun pitäisi asiaan sanoa, joten sanoin "Jaa". Ja se oli kaikki mitä asiasta puhuimme, edes hautajaisiin mennessä emme asiasta puhuneet.

***

Aikaa myöten tyttären tarina sai selvyyden.

Naapurin isäntä tuli yhtenä iltana, juovuksissa, käymään isäni luona ja pyytämään lisää viinaa.

He istuivat tupapöydän ympärillä ja joivat isäni konjakkia.

Minä olin piilossa portaissa ja kuuntelin, salaa, hiljaa. Kuvittelin olevani kuuluisa yksityisetsivä tärkeällä tehtävällä. Myöhemmin toivoin, että en olisi niin paljoa kuullut. Enkä myöskään sen illan jälkeen halunnut tulla yksityisetsiväksi.

"Vaimo ei ole noussut kohta viikkoon sängystä muuta kuin paskalle. Ruokaa ei ole näkynyt ja olen elänyt lähinnä pakkasesta sulattamallani hirvellä" naapurin isäntä kertoi. "Kaikki paikat alkavat olla täynnä likaisia astioita ja minulla ei ole enää puhtaita kalsareita, saatana."

Isäni ei kommentoinut asiaa, katseli lasiaan ja kuunteli. Naapuri puhui hiljaisella, mutta tasaisella äänellä. Äänellä, joka ei kaikesta ryyppäämisestä edes sammaltanut. Oli kuin tarina olisi halunnut tulla ulos jo kauan ja nyt sitä ei pidättelisi mikään. Tarinaa tauotti vain uuden huikan ottaminen.

"Se kaikki on sen vitun sulhaskokelaan syytä, saatana. Kyllä ne yhteen muutti, sen verran on varmaa. Ja jonkun aikaa ne oli jo asuneetkin. Se sulho pelas jääpalloa tai kiekkoa tai vittu sählyä, en ole aivan varma, mutta pelas kumminki. Ja jotain ne voitti, jossain opiskelijasarjassa. Oon mä yrittäny vanhoista lehdistä katella, että oisko siinä ollut jotain juttua, mutta emmä löytäny. Kuitenki... Voittoa seurasi juhlat ja juhlilla oli jatkot tytön ja sulhon kotona. Viinaa oli virrannut ja jossain vaiheessa tyttö oli nukahtanu. Ja heränny siihen, kun sen vitun sulhon joukkuetoverit vuorotellen raiskasi sitä. Siis vittu.... kyllä sä muistat, kuinka pieni ja hento se tyttö oli.... kuinka perkele kukaan vittu ees viittii....."

Tarinaan tuli pitempi tauko. En uskaltanut portailla liikahtaakaan. Alakerrasta kuului tukahtunutta nyyhkytystä ja tulitikun raapaisu. En tiennyt, kumpi sytytti, mutta isäni ei mitään sanonut vaikka hän yleensä oli sisällä tupakoimista vastaan.

"Tyttö soitti seuraavana päivänä. Emmä meinannu saada mitään selvää ensiksi, se itki vaan. Lopulta se pyysi, että tulisin hakemaan kotiin. Se seisoi sen kerrostalon edessä, kun mä sinne pääsin. Ja heti ku se pääsi autoon istumaan, se alkoi itkemään. Ja itki koko matkan kotiin asti, jossa ensitöikseen syöksyi äitinsä kaulaan. Äiti sen talutti makuuhuoneeseen ja siellä kuuli tarinan."

Kuulin kuinka isäni käveli baarikaapille ja otti sieltä uuden pullon narauttaen sen auki.

"Tyttö nukahti jossain vaiheessa, oli pikkunen itkenyt voimansa ulos. Vaimo tuli huoneesta ja sulki oven hiljaa ja ensimmäisenä se käveli sille kaapille, missä mulla on ne sun vanhat metsästyskiväärit. Emmä uskaltanu mitään sanoa, katselin vaan sen touhuja, kun se jotain siellä puuhasteli. Sit se sulki kaapin ja meni keittiöön ja kolisteli hetken ja tuli takas. Istuttiin sohvalla ja se kerto mitä oli tapahtunu. Mulla kilahti saman tien, vittu, ihan totaalisesti pimeni. Mä hain toisen haulikon ja ladatessani huomasin, että vaimo oli vienyt lukon siitä. Tiesi perkele, mitä tekisin, kun kuulisin."

Laseihin pulputti lisää konjakkia.

"Yritin saada tytärtä tekemään asialle jotain, menemään vittu vaikka ees lääkäriin, mutta ei se halunnu ku saunaan, jossa se joka päivä istui pitkään. Ja todella kuumassa saunassa. Ei se halunnu poliisille puhua.... eikä meillekään. Se istui joko saunassa tai huoneessaan. Yritettiin me.... saada kontaktia, mutta ei....vittu... ei me saatu. Ja sitten se katosi. Yhtenä yönä se vaan oli kadonnu. Ja nyt se on löytyny."

Alakerrasta kaikui katkeraa nyyhkytystä. Minäkin itkin, äänettömästi.

"Vittu.... se oli niin kaunis tyttö. Niin pieni ja kunnollinen, kuinka kukaan voi.... Ja arvaa mitä siinä lapussa luki, joka sen taskusta löyty ku se tuolta....." naapurin isäntä ei kyennyt lopettamaan lausettaan vaan kuului juovan pitkään. "Siinä seisoi, että "Emmä jaksa antaa anteeksi. Koittakaa te antaa". Siis.... vittu jos mä tietäsin, missä ne kiväärien lukot ovat, ni mä vittu.... se oli niin pieni ja kaunis ja nyt se on ...."

Alakerrassa kuului lasin rikkoutumisen ääni.

***

Jossain vaiheessa naapurin isäntä syöksyi ulos ja oksensi kuuluvasti portailta.

"Anteeksi…." hän sanoi palatessaan sisälle, mutta ei istumaan.

"Mä…. kiitos että kuuntelit, mut nyt mun pitää mennä takas. Kiitos…. kiitos viinasta" ja hän oli mennyt.

Hiippailin äkkiä portaat ylös katsomaan hänen menoaan ikkunasta. Katselin portillemme päin, mutta kun en häntä nähnyt, koitin nähdä pimeyden läpi heidän ovelleen. Ovivalo heillä ei ollut ollut päällä moneen viikkoon, mutta sielläkään ei näkynyt liikettä.

Sitten näin silmäkulmastani liikettä pihallamme. Naapurin isäntä seisoi kaivomme vieressä, hiljaa huojahdellen. En tiedä kuinka kauan hän siinä seisoi, mutta lähteissään hän potkaisi, voimattomasti, kaivon kylkeä ja horjui pihamme yli portille ja portista tielle ja sieltä omalle pihalleen. Seurasin pimeästä huoneestani hänen horjumistaan sisälle asti.

***

Sinä iltana meni pitkään, ennen kuin sain unta. Mielessäni pyöri lauma humalaisia raiskaamassa turvonnutta, jo viikkoja vedessä maannutta ruumista. Suljettujen luomieni takana näin, kuin ruumis hajosi ja mustaa lietettä valui, mutta raiskaus vain jatkui, raiskaajia seisoi jonoksi asti odottamassa vuoroaan.

Kuitenkin nukahdin, mutta yöllä heräsin tunteeseen, että joku katseli minua.

En uskaltanut liikahtaakaan, yritin pitää hengitykseni samana kuin olisin edelleen nukkunut, että se (kuka) joka minua katseli, ei tietäisi, että olisin hereillä. Avasin silmäni varovasti, mutta tunne siitä, että joku katselee, ei loppunut siihenkään. Huoneessani oli pimeää ja silmieni edessä olevan rakeisen pimeyden läpi katselin katossa taistelevia lentokoneita.

En uskaltanut päätäni kääntää, yritin ympärilleni nähdä liikuttamalla silmiäni.

Mutta sillä kapealla sektorilla, jonka näin, ei ollut ketään, ei mitään tavallisuudesta poikkeavaa. Työpöytäni, kirjahyllyni, vaatekaappini ovet levällään, vaatteet sekaisin, myttyinä, ylimääräinen tuoli. Kaikki tuttua ja turvallista. Varovasti käänsin päätäni, mutta ei vieläkään mitään.

Rohkaisin mieleni ja ponkaisin istumaan. Mutta missään ei kuitenkaan näkynyt ketään.

Oveni oli kiinni, sen julisteesta minua katseli Dee Snider istuen likaisen huoneen nurkassa, lihoja roikkuva sääriluu kädessään, suupielet alaspäin taivutettuina. Ikkunaverhot olivat melkein kiinni, vain vähän raollaan. Näpsäytin lukuvaloni päälle, mutta ei se mitään paljastunut. Kaikki pysyi samanlaisena, hiljaisena, liikkumattomana.

Seinällä kello näytti 03:14.

Sammutin valon ja käperryin palloksi peiton alla ja yritin nukkua.

***

Aamulla koko yöllinen herääminen tuntui unelta, epätodelliselta. En sanonut asiasta mitään aamiaisella isälleni, joka krapulaisen kalpeana istui kahvikuppi edessään tupapöydän ääressä, paikallislehti edessään, käännellen sivuja mutta en usko, että hän niitä oikeasti luki. Enemmän näytti, että hän yritti olla oksentamatta.

Parissa illassa tuijotus-tunne oli painunut mieleni takaosaan. Samaan lokeroon oli painunut silmieni takana näkyvä raiskausnäytelmä. Isäni kanssa en ollut puhunut naapurin käynnistä mitään. En ollut sitä odottanutkaan, mutta minulla oli nykyään tyttöystävä, jonka kanssa pystyin jakamaan asioita ja se oli ahdistavaa tunnetta vähentänyt.

Mutta koko ahdistavuus palasi paria yötä myöhemmin, kun taas heräsin tunteeseen, että joku tuijottaa.

Vaikka heti herätessäni sytytin valon, mielestäni nopeasti ja yllättäen, ei mikään huoneessani kuitenkaan liikkunut, kaikki oli samanlailla kuin aina.

***

Tulevaisuudessa aina silloin tällöin, tai usein, miten sen nyt ottaa, heräsin siihen tunteeseen, että joku tuijottaa. Siihen tunteeseen herääminen loppui samana yönä, kun muutin kotoani pois opiskelemaan isompaan kaupunkiin. Vuosien varrella se muuttui samanlaiseksi epämääräiseksi tunteeksi kuin toistuva nuoruuteni painajainen suussani räjähtävistä hampaista. Muistoksi, joka silloin tuli esiin. Muistoksi, jonka muisti joskus, mutta joka unohtui saman tien.

***

Pari viikkoa naapurin isännän meillä käymisen jälkeen kuoli naapurin emäntä.

Uskoisin, että hänen kuolemalleen oli joku tieteellisempi selityskin, mutta itse uskoin, että hän kuoli särkyneeseen sydämeen. Että hänen elämänhalunsa vai loppui eikä hän enää jaksanut.

Niissä hautajaisissa olimme isäni kanssa arkun kanta-
jina. Naapurin isäntä sitä oli pyytänyt. Ne olivat erittäin
kiusalliset hautajaiset. Naapurin isäntä oli niin päissään,
että ei edes arkulle päässyt kukkia laskemaan. Parta aja-
matta, hiukset rasvaisina, hieltä, oksennukselta, paskalta
ja vanhalta viinalta haisten hän istui kirkon eturivissä,
itkien äänettömästi. Kun isäni kanssa kävimme laske-
massa kukat naapurin emännän arkulle, vilkaisin häntä
ohimennessäni. Olin varma, että hän ei edes tiennyt
missä hän oli.

***

Ennen kuin se vuosi oli lopussa ja uusi uusine toivei-
neen ja haluineen alkanut, naapurin isäntäkin kuoli.

Ei hän ollut vaimonsa hautajaisten jälkeen selvää päivää
nähnyt. Isäni yritti pitää hänen ruoassa, mutta lähinnä
isäni taisi hänet viinassa pitää. Isäni hänen myös löysi
kuolleena vessasta.

Ilmeisesti hän oli pöntöltä noustessaan lyönyt päänsä
pöntön yläpuolella olleen kaapin avoimeen oveen, tait-
tunut kaksin kerroin, astunut eteenpäin ja kompastunut,
kädet puristen päähän auennutta haavaa, nilkoissaan
oleviin housuihin, kaatunut naama edellä

muovimattolattialle. Kallo rikki ja meille uudet hautajai-
set, joihin ottaa osaa.

Känni

Vastoin uskomustani, ystäväni nuoruudesta ja hautaus-
maalta tuli lauantaina.

Lopettelin juuri puhelua kiinteistövälittäjän kanssa, jolle
annoin tehtäväksi myydä asuntoni kaupungista, kun
kuulin auton kääntyvän pihalle.

Ääni oli niin harvinainen, että lause, jota olin juuri sano-
massa kiinteistövälittäjälle, katkesi kesken. Kuulin sul-
jetun ikkunankin läpi, kuinka auton ovi paukahti kiinni
ja takakontti aukesi. Lisäksi puhelimestani kuului ky-
syvä, varovainen "Haloo?".

Nousin ikkunasta katsomaan, että kuka tuli samalla jat-
kaen lausettani.

Pihalle pysäköidyn, tomuisen farmarinmallisen auton
avonaisen takakontin vieressä seisoi ystäväni, kohottaen
oluttölkin ilmaan tervehdykseksi nähdessään minut ik-
kunasta. Ylähuuli rullautuen hän virnisti ja sihautti töl-
kin auki.

Hänellä oli yllään sininen t-paita ja näin lukuisat tatu-
oinnit hänen käsivarsissaan. En ollut nähnyt niitä hau-
tausmaalla, koska hänellä oli ollut haalarit päällä ja haa-
lareissa oli pitkät hihat.

Nyökkäsin vastaukseksi ja yritin päästä välittäjästä eroon, kohteliaasti, mutta määrätietoisesti. Mutta puhelimen toisessa päässä mieheltä tuli tarinaa. Ilmeisesti hän oli niitä välittäjiä, jotka puhuivat niin paljon, että ihmiset suostuivat mihin vaan saadakseen hänet hiljaiseksi. Välittäjä ei ottanut onkeensa lopettelu yrityksiäni. Lopulta en keksinyt muuta sanottavaa kuin: "Hei, mun pitää nyt alkaa ryyppäämään, joten palataanko asiaan myöhemmin?" jolla sain puhelun päättymään.

***

Olimme saunoneet jo useamman tunnin.

Olimme jo kuluttaneet useamman tölkin kaverini takakontista (jossa näytti olevan loputtomasti punaisia pahvisalkkuja).

Yritimme ottaa kiinni aikaa jonka olimme olleet toistemme elämästä kateissa yrittäen ymmärtää, miksi olimme lopettaneet yhteydenpidon.

Juha

Ainoa, mistä Juha oli kasvaessaan ollut kiinnostunut, oli kitaran soittaminen ja bändin perustaminen. Mutta ei pienestä kylästä, jossa hän asui löytynyt soittokavereita, joten hän soitteli iltaisin yksikseen sähkökitaraa, jonka hänen vanhempansa olivat hänelle ostaneet. Vahvistinta hänellä ei ollut, mutta riittävän äänen vahvistuksen hän sai aikaan kytkemällä kitaransa perheen stereoihin.

Juha yritti säveltää ja sanoittaa, mutta ei hän koskaan oikein saanut aikaiseksi mitään mihin olisi ollut täysin tyytyväinen. Mutta silti häntä miellytti pitää kitaraa kädessään, saada siitä ääniä.

Hänen vanhempansa lähettivät hänet kirkkoon soittotunneille, mutta enemmän hän oppi harjoittelemalla levyjen mukana kitarasooloja ja riffejä.

Juhaa suretti, että hänen paras ystävänsä ei ollut kiinnostunut musiikista muuta kuin kuuntelijana, että hänellä ei ollut paloa soittaa. Mutta ei se heidän ystävyyttään häirinnyt.

Vuodet kuluivat, koulu tuli molemmilta läpäistyä, hänen paras ystävänsä löysi tyttöystävän, joka tuli heidän kahden väliin ja he eivät niin usein tavanneet. Juha oli katera kaverinsa tyttöystävälle, mutta ymmärsi kyllä, että tytöltä sai sellaista mitä Juhalta ei.

Koulun jälkeen tuli ajankohtaiseksi etsiä jatko-opiskelu-paikka. Hänen vanhempansa lähes pakottivat hänet opiskelemaan, sillä "Ei tuossa kitaran rämpyttämisessä tulevaisuutta ole".

Juha koitti valita mahdollisimman suuren kaupungin opiskelupaikakseen ja sieltä ammattikoulun. Ei häntä mikään ammatti kiinnostanut, pääasia oli, että kaupunki oli iso, että sieltä löytäisi soittokavereita.

Juha kävi koulua, huonosti. Opiskelu ei kiinnostanut häntä alkuunkaan, mutta soittokaverit hän löysi, joukon samanmielisiä metallimusiikista kiinnostuneita nuoria miehen alkuja.

Ei heille levytyssopimusta suotu, vaikka parit demot kä-vivät omakustanteisesti studiossa tekemässä ja niitä myivät lehtien pienilmoituspalstoilla. Uusia kappaleita he saivat aikaiseksi kivuttoman tuntuisesti ja sitkeällä sinne tänne soittelulla keikkojakin. Ei mitään isoa, pie-niä pubikeikkoja, joihin heidän piti matkustaa omakus-tanteisesti.

Vasta silloin Juhalle paljastui, että hän kammosi esiinty-mistä. Ennen ensimmäistä keikkaa hän oksensi kauhu-aan kahdesti ja keikan aikana kerran lisää. Hän yritti kaikkensa. Hän yritti soittaa lavan hämärästä nurkasta. Hän yritti soittaa selkä yleisöön päin. Hän yritti maalata kasvonsa kasvomaaleilla ja piiloutua sen taakse. Ainoa mikä auttoi hänen esiintymiskauhuunsa, oli viina, joka sitten taas vaikutti hänen soittoonsa. Jossain vaiheessa, jotain kautta hän törmäsi huumeisiin. Ei siihen liittynyt vallalla olevan teorian mukaan sisäänkäyntivaihetta pilven kautta, Juhan siirtyi heti heroiiniin ja ennen keikkoja spiidiin. Keikat alkoivat jotenkin sujumaan, ainakin aluksi, mutta sitten huumeet alkoivat viemään Juhan ajasta enemmän ja enemmän kuin musiikki. Sen takia eräänä päivänä Juhalla ei ollut enää bändiä. Kaverit eivät olleetkaan niin hyviä kavereita, että olisivat katselleet Juhan itsetuhoa saatika yrittäneet auttaa hänet kuopastaan ulos. Kadonneiden kavereiden tilalle astui epätoivo, masennus ja itsesääli, jota Juha yritti peittää turruttamalla päivänsä huumeilla. Ne toivat lohtua ja luottamusta siihen, että joku päivä joku hänen musiikillisen neroutensa ymmärtäisi. Mutta mitä pidemmälle aika kului, sitä vähemmän Juha vietti aikaa huumeiden kanssa ja sitä vähemmän aikaa kitaransa kanssa.

***

Huumeita saadakseen Juha oli sortunut pikkurikoksiin sekä myymään liki kaiken mitä omisti. Mutta hän ei kuitenkaan unohtanut niitä asioita, mistä oli huumeiden takia luopunut. Piripäissään hän oli neulalla ja tavallisella kynämusteella hakannut vartaloonsa tatuointeja muistoksi niistä, mitä oli menettänyt. Yksi asia, mistä Juha oli ollut ylpeä, oli täydellinen kokoelma Mustanaamiolehtiä. Nyt hänellä oli vain Mustanaamion hyvä ja paha merkki hakattuna vasemman käsivartensa alapuolelle värisevin ääriviivoin.

Ja kuvia Juhalle ilmestyi paljon, todella paljon. Pieniä muistoja menetyksestä, pieniä tulehduksia, jotka parantuivat huonoiksi ja rumiksi kuviksi.

Viimeinen kuva oli värisevällä ääriviivalla tehty hautakivi, jossa oli hänen nimensä. Hautakiven yläpuolella oli tatuointi, jossa luki "Annika" ja "28.3.1999 – 25.1.2000". Annika oli ollut hänen tyttärensä, jonka hän ja hänen silloinen tyttöystävänsä olivat menettäneet.

Tyttöystävän Juha menetti heti tuon jälkeen vaikka kuinka Juha yritti sanoa, että parantaa tapansa, että "kun vanha kuolee, niin uutta putkeen".

Saatuaan hautakivi-tatuoinnin valmiiksi, Juha viilsi ranteensa auki.

***

Epäonnistuen siinäkin.

Hän heräsi sairaalassa. Hänen sänkynsä vieressä istui hänen isänsä.

***

Juhan isä oli kotikylämme suntio ja syvästi uskonnollinen mies. Jeesus, Jumala ja Pyhä Henki taskussaan hän kaivoi Juhan kuopastaan esille, päivänvaloon. Ei Juha löytänyt itsestään uskoa, mutta löysi kiitollisuuden, että oli edelleen elossa. Suntio isä oli saanut puhuttua rahamiehet ympäri ja poika oli palkattu vakituiseksi kirkolle yleismieheksi, vaikka ei jumalaan uskonut. Juha ei ollut edes miettinyt, että ottaisiko työn vastaan. Hän oli ottanut sen ja jäänyt kylille asumaan. Suntio isä oli tarkkailut poikaa herkeämättä ikkunasta ja joka ilta sulkenut oven lukiten pojan suurella munalukolla ja ikkunassa olevilla rakennusteräskaltereilla huoneeseen. Juha oli raitistunut, ainoaksi muistoksi oli jäänyt tatuoinnit, joita oli joka puolella hänen vartalossa.

Ei hän vaimoa ollut kylältä löytänyt, joitakin naisia hänellä oli ollut kaupungissa, mutta yksin hän kylillä kulki.

Ei hän naista kaivannut mutta kitaraansa hän kaipasi.

Hän ei kuitenkaan uskaltanut haaveilla ottavansa min-
käänlaista soitinta enää käteensä, pelkäsi hairahtuvansa
elämästä, johon oli saanut toisen mahdollisuuden. Kita-
ransa nykyolopaikasta hänellä ei ollut mitään käsitettä.
Sen hän tiesi, että ei hän sitä ollut myynyt huumeiden
takia, ei siitä ainakaan tatuointia ollut todisteena. Juha
uskoi, että hänen isänsä oli joko myynyt tai sitten hävit-
tänyt sen. Juha ei uskaltanut kysyä asiaa isältään.
Kuitenkin, varsinkin ottaessaan olutta, hänelle tuli kai-
puu yrittää löytää unelma uudelleen. Hän nosti maljan
itselleen ja itsesäälilleen yrittäen unohtaa sen mitä ei
voisi koskaan saada, elätellen kuitenkin toivetta joskus
vielä kokevansa rock'n roll-unelman.

Kännitarjous

Istuimme juuri munasillamme saunan portailla, kun sain oman elämäntarinani tiivistelmän päätökseen.

Ystäväni korkkasi uuden tölkin auki, otti pitkän huikan, röyhtäisi ja katseli, kuinka sytytin tupakan.

"Mitä ajattelit nyt sitten tehdä?" hän kysyi lopulta.

"Siis…. miten niin?"

"Ei ne metsärahat loputtomiin kestä, vaikka kuinka säästäen eläsit ja vaikka kuinka tuo talo on velaton."

Polttelin hiljaisuuden vallitessa katsellen pimeytyneen syysillan keskellä olevaa taloani, jonka yhdestä ikkunasta kajasti valo. Ilmeisesti se oli keittiön valo, joka tuikki vanhempieni makuuhuoneen raollaan olevasta ovesta. Odottelin, että jatkaisiko ystäväni vai odottiko hän minun jotain sanovan.

"Kun mulla vaan tuli mieleen, että isä jäi viime keväänä eläkkeelle ja mä ikään kuin kaikkien hiljasella hyväksynnällä perin sen suntion työn. Ei siinä paljoa työtä ole, jonkun verran kuitenki. Mä oon nyt huoltotoimien ohessa hoitanu niitä suntion töitä. Niihin muuten kuuluu myös ne vähäiset kirkkoherranviraston työt, mitä täällä on. Välillä vaan on ihan vitusti kaikkea ja tuntuu, että ei ehi ja on pakko jatkaa päivää. Ja saat vaan kuvitella, että maksetaanko täällä tuntien mukaan. No vittu ei. Täällä maksetaan kuukausipalkkaa ja kaikki pitää tehdä." Ystäväni puhe keskeytyi huikkaan, mutta jatkui heti kun olut oli suusta tyhjennyt. "Mä vaan tossa ajattelin, että mä kyllä todennäkösesti pystysin puhumaan määrärahaa sen verran lisää, että saisin sut palkattua kirkolle töihin, tekemään näitä mun nykyisiä kunnossapitotöitä ja mä saisin keskittyä niihin paperitöihin ja muihin."

Katselin hämmästyneenä ystävääni. En edes muistanut tupakkaa polttaa ja tuhkapilari tipahti reiteni kautta maahan.

"Minä?" kysyin viimein. "Mähä oon vaan…. paperin pyörittäjä, mä mitää osaa tehä".

"Ei se niin vaikeeta oo. Osaat sä kuopan kaivaa ja näyttää osaanottavalta ku joku pitää kuoppaan pudottaa. Ja poimia kuivia kukkia haudoilta. Ja kynttilöitä. Ja ajaa Bobcatilla lumet tieltä. Ei se mitään ruudinkeksimistä ole. Palkkahan on ihan paskaa, mutta kyllä sillä toimeen tuut, varsinkin kun toi talo on velaton.".

"Jaa…. no…."

"Ei sun nyt asiaa pidä päättää, nyt ryypätään ja saunotaan. Mä palaan asiaan myöhemmin. Mietiskele. Mihin sä panit ne makkarat?" ystäväni kuittasi neuvonpidon

asiasta päättyneeksi ja paljas perse pystyssä kurkki kuis-
tin nurkkaan etsien folioon käärittyjä grillimakkaroita,
joita olimme kiukaalla päättäneet paistaa.

Yritin olla katsomatta hänen roikkuvia kiveksiään ja
mietin, että tuskinpa tähän hautausmaatyöhön enää pala-
taan koskaan, eiköhän se ollut vaan kännipuhetta. Mi-
nua kyllä tuollainen työ, palkasta välittämättä kiinnos-
taisi.

***

Yö oli jo pitkällä tai aamu aikaisessa, kun viimein an-
noimme kiukaan sammua.

Istuskelimme kuitenkin edelleen jutellen ja juoden kuis-
tilla. Kummankin puhe oli alkanut sammaltaa eikä aja-
tus oikein tahtonut kummallakaan enää pysyä kasassa.

"Tuoko se on se kaivo, mihin se Maarit hyppäsi?" hän
kysyi osoittaen kaivoamme.

Ynähdin myöntymisen ja vaikenimme katsomaan kai-
voa.

***

Olin pedannut hänelle nukkumapaikan vanhempieni
makuuhuoneeseen, isäni yksinhuoltajasänkyyn.

En kuitenkaan sanonut, että en vielä ollut ehtinyt vielä
uutta patjaa hankkia. Toisaalta, isäni ei ollut sänkyyn

kuollut ja se sänky, mihin äitini oli kuollut oli poltettu saunassa jo vuosia sitten. Ja ystäväni oli myös niin kännissä, että taisi sen enempää ajattelematta nukahtaa sängylle levittämäni peiton päälle. Itselleni tuotti suuria vaikeuksia päästä portaat ylös huoneeseeni. Silmissäni ullakkotilan läpi menevä käytävä näytti loputtoman pitkältä jonka päässä oleva avoin ovi tuntui joka askeleella astuvan yhden askeleen minusta kauemmaksi. Tai sitten kävelin takaperin. En ollut aivan varma.

Viimein, tuntien raskaan taivalluksen jälkeen, huohottaen rasituksesta ja hikoillen, pääsin ovelle ja ovesta läpi ja kaaduin sängylleni.

Viimeinen ajatus oli, että minulla ei tainnut olla mitään tarjottavaa aamiaiseksi, paitsi kahvia.

Krapula

Seuraava aamu koitti vaikeana.

Olin yöllä herännyt ja juuri ja juuri saanut ikkunani auki, että sain oksennettua. Aamun kalpeassa valossa tosin paljastui, että en aivan ollut ehtinyt vaan pöydälläni oli roiskeita ja parit makkaran palat.

Suuni tuntui ihan liian kuivalta ja uteliaisuudesta koskin etusormellani varovasti kieltäni. Se tuntui kovalta ja kuivalta ja etusormen kosketus sai minut kakomaan.

Varovasti keräsin housut päälleni. En muistanut niitä, saatika alushousujani, riisuneeni. Hiljaa kävelin portaat alas ja jääkaapista löysin vajaan tölkin ananasmehua. Se kädessä menin ulos.

Ystäväni istuksi puolentoista litran pullo kivennäisvettä kädessään pihakeinussa yllään huppari ja farkut.

"Huomenta!" hän huikkasi näyttämättä ollenkaan krapulaiselta. Murahdin jotain, joka ei ollut sana ja menin istumaan häntä vastapäätä.

"Sulla tais olla pikkasen huono olo viime yönä hän sanoi" rullaten ylähuultaan ja osoittaen pullollaan kohti taloa.

Varovasti, niska nitisten ja hikeä pukaten, käänsin päätäni kohti taloa. Suurin osa oksennuksestani oli jäänyt puolitiehen, talon seinään.

Murahdin jotain ja varovasti maistoin mehuani. Se oli kylmää ja suullinen, jonka otin, imeytyi kokonaan kieleeni eikä siitä yhtään päätynyt mahaani. En ollut siitä pahoillani. En ollut ollenkaan varma, että olisiko mahani kestänyt sitä.

Istuin ja keskityin hengittämiseen. Keinu tuntui pyörivän, vaikka oli aivan paikallaan.

Uskaltauduin ottamaan huikan mehua ja olin kiitollinen, että ystäväni ei puhunut mitään, katseli vain syksyä.

Aidan toisella puolella kävi ovi ja ovesta astui ulos Johanna tupakalle. Hän näki meidät ja virnistäen nosti peukalonsa pystyyn. En jaksanut reagoida, tunsin valuvani istuimelta alas vaikka tukevasti paikallani istuin.

"Otakko kahvia jos keitän?" kysyi ystäväni. Murahdin taas jotain, joka ei ollut sana, mutta jonka toivoin kuulostavan myöntymiseltä.

***

Toinen kupillinen alkoi tekemään taikojaan.

Maailman pyöriminen hidastui ja hiki loppumaan. Hitaasti kaikkosi pelko, että maailman pyöriminen viskaisi minut avaruuteen.

Ystäväni ei sanonut mitään, eikä minullakaan ollut

mitään sanottavaa. Istuimme hiljaa ja mietteissämme ja joimme hitaasti kahvia.

Kahvi virkisti vähäisen ja toi elämään värit takaisin, mutta se myös toi liian kirkkaan auringon, joka lävisti pääni kuin sukkapuikot. Kofeiini yritti kaikkensa saadakseen aikaan pärähdyksen, mutta epäonnistui ja tunsin vanhan ystäväni, krapulauonen, koputtelevan olkapäätäni. Toivoin, että ystäväni alkaisi lähtemään kotiinsa, että saisin mennä takaisin nukkumaan ja nukkua koko päivän.

Ilmeisesti Juhasta oli raitistuneen narkkarin ohella tullut myös ajatustenlukija, sillä hän sanoi: "Jahas…. eiköhän se ala olemaan siinä. Jos sä et mua enempää tartte, ni mä kerään pyyhkeeni ja lähen kotiin. Huomenna kuitenkin on työpäivä. Sä saat pitää hylsyt, osta niillä vaikka suklaata tolle naapurin kissalle".

Murahtelin jotain ja saatoin vieraani autollensa.

Ennen kuin hän ajoi portille hän ruuvasi ikkunansa alas ja sanoi: "Kiinnostaisko sua se työ kirkolla?"

En tiennyt mitä sanoa, ei se ollutkaan ollut pelkkää kännilöpinää.

"No… mikä ettei" sain lopulta sanottua.

"Mä pistän ison pyörän pyörimään kun pääsen

huomenna kirkolle, mutta eiköhä se oo jo periaatteessa kirkossa kuulutettu, että saan rahaa ja sä sen duunin. Katellaan, soitellaa tai jotain" hän sanoi ja ajoi pois.

***

Tiesin jo etukäteen, että krapulasta selviämiseen minulla menisi pari päivää. Olin kiitollinen, että minulla ei ollut töitä maanantaina, että sain vain maleksia huoneesta toiseen.

Keräsin tölkit eteiseen tyhjiin pahvisalkkuihin ja saunakammarista löytämälläni painepesurilla sain pestyä talon seinästä oksennukseni pois. Suihkuttelin vielä portaatkin puhtaaksi. En ollut ylpeä itsestäni kun painepesurin vesisuihku roiskaisi seinään kuivuneita makkaranpaloja hiuksiini.

Mitään järjellistä en saanut aikaiseksi. Hissukseen kävelin, hissukseen katselin televisiota ja hissukseen söin kirkolta tilaamiani pitsoja.

Johanna kävi jossain välissä vaihtamassa parit sanat, mutta en ollut oikein kunnossa puhuakseni mitään järjellistä. Olin vain kokoajan väsynyt eikä edes kahvi sitä vienyt pois.

En ollut iloinen, että vanhentuminen toi tämän aspektin elämääni. En pitänyt siitä, että krapula vei päiväkausia hukkaan väsymyksellään. En pitänyt siitä, että krapula toi koko ruumistani särkevän olotilan, että en halunnut liikkua. En pitänyt siitä, että krapula toi aivoihini peiton, jonka läpi ei tullut sanoja eikä ajatuksia. En pitänyt siitä, että krapula toi olotilan, että tv-shopin katsominen oli hyvä idea.

***

Toisen päivän aamuna katselin itseäni vessan peilistä. Katselin ihoani, jossa oli selkeä harmaan sävy, saman harmaan kuin ohimoissani. Partani oli ajamatta, mutta partavaahto oli loppu. Otin leukani alta etusormi-peukalo otteella kiinni ja venytin kaksoisleukaani. En ollut tyytyväinen sen kokoon ja venyvyyteen. Katselin tarkkaan silmieni alla olevia pusseja. En ollut niihinkään tyytyväinen, enkä siihen, että silmäpusseista tuttu tummempi väri näytti levinneen myös silmäluomiini, kuin minulla olisi luomiväriä. Korvistani kasvoi karvoja, kulmakarvoihini oli ilmestynyt pidempiä karvoja. Ylähuuleeni, parransängen joukkoon oli tulossa finni.

En ollut ylpeä itsestäni, mutta otin kuitenkin itseäni niskasta kiinni. Pitkän suihkun jälkeen raikkaana ja puhtaat kalsarit päällä ajoin kylille kauppaan.

Olin juuri tuijottamassa mikroaterioita, jotain tulisen

tynkää olisi hyvä saada, ostoskärryt täynnä suklaata, sipsejä ja limonadia, kun takaani kuului naisen ääni: "Vitun kusipää, sä särjit mun sydämeni." Kuluneista vuosista huolimatta tunsin äänen. En olisi halunnut kääntyä, mutta pakko kai se oli. Siitä saakka, kun olin takaisin kylille tullut, olin etäisesti pelännyt, vaikka en edes tiennyt, asuiko hän enää täällä, tätä kohtaamista. Se oli ensimmäinen tyttöystäväni. Hän, jonka olin jättänyt oikeastaan ilmoittamatta asiaa. Ei sieluni eikä ruumiini ollut vielä kokonaan palautunut normaaliin elämään ryyppäämisen jäljiltä, en todellakaan tuntenut, että tämä olisi ollut se paras hetki kohdata hänet, mutta pakko se kai oli. Varovasti käännyin ympäri.

"Moi, Marianne"

Marianne

Marianne ei kuitenkaan ollut enää raivoissaan entiselle poikaystävälleen.

Hän oli ainoastaan ilahtunut hänet nähdessään, kaikkien näiden vuosien jälkeen. Marianne oli aikojen saatossa etsiskellyt exäänsä netistä, mutta mies ei tuntunut missään olevan. Ei ainakaan FaceBookissa, jonka innokas käyttäjä Marianne oli.

Vaikka Mariannella oli tarkka mielikuva siitä, miten vihainen hän oli ollut silloin vuosia sitten, kun hän oli tajunnut, että hänen nuoruuden rakkaansa ei enää halunnut olla tekemisissä hänen kanssaan, ei hän enää osannut olla vihainen. Hän muisti edelleen itkunsa, sydän surunsa, katkeruutensa. "Vaikka kaikkeni annoin hänelle" hän muisti itkeneensä huoneessaan pehmonallelleen, joka kuunteli hänen surunsa rauhallinen hymy kasvoillaan, mutta ei kuitenkaan vastannut.

Hänen rakkautensa oli vain kadonnut armeija-aikoihin.

Osaksi Marianne toivoi, että se saatanan sika olisi kuollut jossain ampumarataonnettomuudessa, osaksi että se vitun petturi runkkarin munat jauhautuisivat tomuksi pyörämarssilla, osaksi, että se homo halvaantuisi jossain panssarivaunuon-nettomuudessa.

Suurimmaksi osaksi Marianne kuitenkin oli toivonut, että hänen rakkaansa olisi ollut kyllin mies ilmoittaakseen, että he eivät enää olleet yhdessä. Sitten, eräänä päivänä, kylillä, kioskin edessä, Marianne kohtasi Sepon.

Seppo oli ollut aina samalla luokalla kuin Marianne, mutta ennen tätä iltaa Marianne ei ollut huomannutkaan, kuinka ihana Sepi oli. Sepi vei häneltä jalat alta ja hän Sepiltä poikuuden. Mielessään Marianne pisti rastin ruutuun 2, että tästä alkaa tulla tapa. Sepi ei kuitenkaan edes ollut huomannut, että Marianne ei ollut neitsyt, hänellä oli liian kiire ollut päästä omasta lastistaan eroon.

Kuitenkin, huohottavasta alusta huolimatta, he olivat seurustelleet koko kouluajan. Jatko-opiskelupaikkaa ei kumpikaan halunnut. Sepillä oli tiedossa, että hän perisi ajan saatossa sukutilansa, että hän alkaisi siellä elantonsa tienaamaan. Mariannella ei ollut sukutilaa, mutta ei myöskään haluja opiskella, joten tusinalla neulanreiällä jokaiseen heidän kondomiinsa hän hankkiutui raskaaksi ja sitä kautta sai sekä omansa että Sepin elämän ankkuroitua yhteen. Esikoinen syntyi seuraavana talvena lukion päättymisen jälkeen ja Marianne muutti Sepin kanssa yhteen Sepin sukutilan toisessa päässä olevaan pieneen huoneeseen.

Marianne yritti mahdollisimman pitkään venyttää äitiys-
lomaansa, mutta jossain vaiheessa valittelu ei enää men-
nyt läpi vaan hänen piti alkaa opettelemaan tulevaisuut-
taan varten. Tulevaisuus, josta esikoisen ja kiirehditty-
jen häiden ansiosta tuli maatalon emännyys.

***

Lapsia tuli vielä pari lisää.

Vanha isäntäpariskunta vuokrasivat osan maastaan jol-
lekin luomuviljelytukijalle ja vuokrasivat asunnon Es-
panjasta muuttaen sinne. Mariannen elämä asettautui ar-
jeksi, jossa oli lapsia, viljaa, lehmiä ja FaceBook.
FaceBookista hän löysi ystäviä, joiden kanssa puhua ar-
jen asioista. Haukkua miestään naistuttavien kanssa,
flirttailla miesystävien kanssa. Ei hän ketään niistä mie-
histä koskaan uskaltanut tavata, vaikka useat heistä sitä
ehdottelivat.

"Juu, aivan varmasti, joku päivä, mutta nyt on vaan niin
huono aika kun on tuo heinäntekoaika" tai jotain muuta
vastaavaa maatalontöihin liittyvää hän käytti verukkeena
kieltäytyessään tapaamisista.

Marianne tiesi kiusaavansa miehiä, lupailemalla turhia,
lupailemalla estotonta seksiä auton takapenkillä

läheisellä niityllä, mutta hän pelkäsi liiaksi lähteä siihen seikkailuun.

Hän pelkäsi kohdata miehiä ja nähdä heidän silmistään kuvastuvan sitä inhoa jonka näki omissa silmissään katsoessaan itseään peilistä. Kyllä hän tiesi lihoneensa aika runsaasti odotusaikoinaan eikä koskaan ollut päässyt niistä kiloista eroon ja omassa hiljaisuudessaan hän häpesi kilojaan. Senkin takia oli helpompi olla vain kotona, maatalossa metsän ja peltojen keskellä, lasten kanssa. Käydä kylillä ainoastaan kaupassa ja pitää ystävänsä ja ihailijansa virtuaalisina.

***

Usein hän mietti, että oliko tämä sitä mitä hän halusi. Että minne oli kadonnut se ja se siitä ja siitä osasta elämää. Usein, katsellessaan tupansa keittiön ikkunasta, nuorin toisella käsivarrella ja toisella kädellä kahvipannua täyttäen, kun Sepi työhaalareissaan käveli kohti navettaa, että oliko Marianne onnellinen. Että olisiko hän onnellisempi ensirakkautensa kanssa.

Muutto

Ajellessani kohti kotia, en tiennyt miettiväni samoja kuin Marianne silloin tällöin aamuisin. Minäkin mietin, että olisiko minusta tullut onnellinen Mariannen kanssa. Olisiko kaikki ollut toisin ja olisiko minulla nyt lapsia. Olin kuunnellut hänen elämäntarinansa siinä kaupan sipsihyllyn edessä. Minulla ei ollut kuin hataria mielikuvia Seposta. Muistin, että koulussa hän oli ollut se hitaan ja yksinkertaisen oloinen nuorukainen, jolle liki kaikki aineet olivat tuottaneet ongelmia. Ainoa, missä hän oli ollut hyvä, oli liikunta. Muistin myös sen, että useammin kuin kerran oli nähnyt tunnilla hänen työntävän kynänsä nivusiinsa ja sitten haistelevan kynän päätä. Seppo oli myös huomannut minut, että olin huomannut hänet. Ei hän kuitenkaan ollut vaivaantunut asiasta, oli vain virnistänyt likaisilla hampaillaan ja nostanut peukalon ylös.

Kesken automatkan soitti ylienerginen asunnonvälittäjäni kaupungista katkaisten muistojen polun. Välittäjä oli innoissaan myymästäni asunnosta. Ilmeisesti se oli halutulla alueella ja kysyntää olisi paljon. Välittäjällä oli jo kiikarissa pariskunta, joka olisi kiinnostunut asunnosta ja mielellään hän pistäisi pallon rullaamaan.

Lupasin hänelle, että heti huomenna tulisin kaupunkiin, kirjoittaisin valtakirjan, että välittäjä saisi omin voimin hoitaa kaupan, että minun ei tarvitsi muuta kuin odottaa rahojen tulevan tililleni. Sekä maksaa välityspalkkio ajattelin kitkerästi. Hetken mielijohteesta kysäisin, että ei hän sattuisi tietämään sopivaa muuttofirmaa, jonka voisin palkata hoitamaan tavaroideni kuljetuksen tänne, minne olin päättänyt asettautua.

"Hassua että kysyit" sanoi välittäjä, "mutta veljelläni on muuttofirma."

"Niin tietysti" ajattelin ja pyysin välittäjää tekstaamaan yhteystiedon minulle.

***

Ei siinä mennyt kuin kolme päivää tiukkaa tavaroiden pakkaamista ja selvittelyä, kun entinen yhteinen asuntoni oli tyhjä.

Olin saanut välittäjän veljen muuttofirmasta sinisiä muovilaatikoita, pehmustemuovia ja teippiä, joilla pakkailin tavaroita ohjeiden mukaan siisteiksi pinoiksi ensimmäisenä tyhjentämääni makuuhuoneeseen.

Useita laatikoita tyhjensin myös paikalliseen kierrätyskeskukseen, mutta paljon tavaraa myös jäi. Hajamielisin huolimattomana katselin makuuhuoneessa olevia laatikkoröykkiöitä ja mietin, että mahtuisivatko ne kaikki tulevaan kotitalooni. Hymähdin ja päätin, että mahtuvat, jotenkin.

Vaikka entinen vaimoni oli muuttaessaan muka kaiken mukaansa ottanut, löysin kuitenkin vielä jotain hänen tavaroitaan. Yritin kerätä rohkeutta soittaakseni hänelle ja kysyäkseni, haluaisiko hän ne itselleen.

Rohkeutta ei löytynyt ja nekin tavarat päätyivät kierrätyskeskukseen.

Annoin toisen avaimistani kiinteistövälittäjälle ja toisen hänen veljelleen ja suljin viimeisen kerran entisen yhteisen asuntoni oven.

Olin luullut, että tuntisin surua. Olin luullut, että tirauttaisin parit kyyneleet. Olin luullut, että kuullessani viimeisen kerran tutun lukon tutun naksahduksen, olisin tuntenut edes jotain, mutta en. En tehnyt muuta kuin suljin oven ja ajoin innoissani uudesta elämästäni kohti kotikylääni. Edes taivaalta valuva syksyisen harmaa sade ei saanut mielialaani muuttumaan.

Yö

Yöllä heräsin tunteeseen, että joku tuijottaa.

Makasin sängyllä silmät kiinni täysin tietoisena siitä, että olin varmasti talossa yksin. Yritin saada selkoa, että oliko kyseessä krapulan jälkitilojen aiheuttama vainoharha vai että nytkö se juoppohulluus iski. En uskonut kumpaakaan. Krapulan uskoin livahtaneen jo kiusaamaan jota kuta muuta rassukkaa ja juoppohulluus.... en minä niin paljoa ole eläessäni juonut.

Nousin sängylleni istumaan ja kuuntelin hiljaisuutta.

Hieroin silmiäni ja yritin saada tuijotuksen tunteen katomaan.

Se ei kadonnut.

Yht'äkkiä muistin ne useat kerrat, jolloin olin ennen tätä herännyt tähän tunteeseen. Enää ne eivät tuntuneet unelta vaan joltain, joka oli varmasti tapahtunut ja tapahtui taas.

Tuijotin pimeyden lävitse varpaitani joiden kynnet pitäisi leikata.

Enää en ollut teini.

Nykyään olin jo aikuinen, en enää osannut pelätä pimeää, enää ei mielikuvitukseni pistänyt pimeisiin nurkkiin istumaan mörköjä tai raiskaajia.

Nousin sängyltäni ähkäisten. Olisi pakko saada oma sänky pian kaupungista tänne, tämä nykyinen rikkoo selkäni ja venytelin. Kävin alakerrassa vessassa. Kuten tavallista, en sytyttänyt sinne valoja. Loisteputki lääkekaapin yläreunassa oli ihan liian kirkas uni-pimeyteen tottuneille silmilleni. Istuin pöntöllä pimeässä ja mietiskelin vieläkin tunnetta, että joku tuijotti. Vedin vessan ja käsiä pesemättä laahustin takaisin huoneeseeni. Heittäydyin sänkyyni ja vedin peiton päälleni. Yritin saada selkäni patjalle asentoon, jossa se ei särkisi niin paljon. Huokaisin ja suljin silmäni ja…

… joku tuijotti. Aivan sata varmasti. Joku tuijottaa.

"Vittu" ärähdin ja ponkaisin istumaan.

Katselin ympärilleni, yrittäen ymmärtää, mistä tunne tuli.

Ja huomasin, että pihalta, ikkunassani olevien tiikerikuvioisten verhojen raosta kajasti valoa.

Rypistelin kulmiani ja ajattelin, että valo tuli naapurin ovivalosta koska omaani en viitsinyt käyttää.

Päättelin, että tuijotuksen tunne oli vainoharhaa joka johtui siitä, että naapurissa oli valo, että se minut herätti, että asia korjaantuisi sillä, että pistäisin verhot tiukemmin kiinni.

Kurotin pöytäni yli ja avasin verhot kurkatakseni ulos, saadakseni varmuuden, että se oli naapurini valo, joka minut oli herättänyt.

Ikkunan takaa, vajaan metrin päästä, minua katseli kaivoomme hukuttanut Maarit.

***

Tuijotin suu auki Maaritia.

Maarit tuijotti minua.

Hänellä oli päällään ne mustat vaatteet, jotka olin nähnyt kun hänet kaivostamme nostettiin, mutta ne eivät olleet turvonneesta ruumista täyttyneet. Maarit näytti kuivalta, raikkaalta ja... hohtavalta. Jostain hänen takaansa (sisältään) hohti vaalea valo, joka sai hänet näyttämään sumussa olevalta katuvalolta.

Suljin silmäni.

Avasin silmäni.

Suljin ne uudestaan ja pidin ne kiinni.

Varovasti avasin ne uudestaan, mutta mikään näyssä ei ollut muuttunut.

Maarit vain seisoi (leijui) paikallaan. Ei kuitenkaan tikkaillani vaan pikkaisen niistä erossa. Hänen silmänsä olivat tummat kuin kaksi grillibrikettiä, täysin ilmeettömät. Huulillaan hänellä näytti olevan vieno hymy.

Hänen pitkät suorat hiuksensa olivat viivasuoralla jakauksella ja vaikka kuulin, että ulkona tuuli, eivät ne liikkuneet, roikkuivat vain. Etukumara asentoni sai selkäni muistuttamaan olemassaolostaan. Luojan kiitos sain parin päivän sisällä oman sänkyni kaupungista, tuo entinen patjani oli yhtä murhaa. Suoristin itseni päästäen verhot käsistäni. Ne sulkeutuivat ja peittivät Maaritin ja hänen loisteensa.

Katselin sulkeutuneita verhoja. Ne olivat sulkeutuneet kokonaan eikä niiden välistä enää kajastanut valoa. Avasin ne uudestaan eikä niiden takana ei ollut ketään.

Sitten

Aamulla satoi ensi lumi, joka tosin iltapäivään men-
nessä oli lähes kokonaan sulanut pois. Iltapäivän haa-
lean lämmön mukana tuli myös, pitkästä aikaa, kahville
Johanna.

"Mitäs uutta sulle?" hän kysyi, kun istuimme pöydän
ääreen. Näin hänen silmistään, että Jokke oli taas lähte-
nyt komennukselle. Yritin piristää häntä kertomalla
kohtaamisestani Mariannen kanssa. Kertomalla hänelle
Sepistä joka muniaan tökki kynällä ja haisteli sitä, ker-
tomalla lukuisista muuttolaatikoista ja omasta sängys-
täni, jonka odotin tulevan parissa päivässä.

En kuitenkaan kertonut viime öisestä näystäni. En ollut
enää aamulla edes varma, olinko sitä oikeasti nähnyt vai
olinko nähnyt unta. Jos se oli unta, niin miksi muistin
sen niin selkeästi.

En osannut kummituksia pelätä. Olin niin pitkään kuin
muistin toivonut näkeväni kummituksen, kokevani pol-
tergeist-ilmiön, joutuvani ufojen sieppaaksi.

Vuosia sitten lukenut kirjan kummituksista, jossa esitet-
tiin teoria siitä, että jos niitä näki oli hyvä yrittää sel-
ville, miksi ne näyttäytyivät. Sillä jos henki jäi tälle
puolen eikä poistunut sinne, minne henget nyt

poistuivatkaan, niin niillä oli jokin syy jäädä tänne. Niillä oli jotain asiaa ja jos sen asian sai selville, niin henget jatkaisivat matkaansa. Jos oikeasti olin nähnyt Maaritin, niin en tiennyt mitä asiaa hänellä minulle oli. Saatika sitä, miten saisin sen selville.

***

Johanna lähti illan jo pimennyttyä.

En tiedä olinko saanut hänelle paremman mielen aikaiseksi. En vieläkään uskaltanut häntä lohdutukseksi halata, saatika toteuttaa haavettani hänen suutelemisestaan ja tissistä puristamisesta, sillä pelkäsin moisen tunkeilun rikkovan sen mitä välillämme oli. Uskoisin, että hän halusi meidän olevan "vain ystäviä" ja menettäisin sen, mistä oli tullut minulle tärkein ihmissuhde.

Siirsin vielä ennen kuin aloin nukkumaan menoa tekemään tuvassa pöydän ja sohvan yhteen nurkkaan, että kun tavarat kaupungista tulisivat, niille olisi paikka mihin asettaa. Tiskasin käytetyt astiat ja pyyhin pölyt.

Yritin venyttää nukkumaan menoa, yritin venyttää sitä hetkeä, kun menisin huoneeseeni. En tiennyt mitä tekisin, jos Maarit tulisi seuraavana yönä minua katsomaan.

Joulu

Sinä vuonna joulusta tuli todella valkoinen. Ja kylmä. Ja kylmää oli ennustettu pitkälle, ainakin vuoden vaihtumiseen saakka. Lunta alkoi tupruttamaan jo viikkoa ennen aattoa ja enemmän tai vähemmän sitä paiskoi vielä aattoaamuna. Kapea umpipäinen kotitieni kapeni entisestään ainoastaan auran levyiseksi ja sitten kunnallinen tienaurauspalvelu taisi unohtaa tieni kokonaan. Tiehen kuluivat urat, jotka tulivat kun joku sattui tietä pitkin ajamaan ja niitä seurasivat muut tiellä liikkuvat, kuin junat raiteilla. Matalammista autoista jäi pakoputken jälki lumeen ja huonompi kuntoisista autoista öljyläikkiä.

Ei joulu ja sitä seuraavat pyhät minua yllättämään päässeet. Olin todella hyvin tietoinen, että tulossa oli se juhla, jonka aikana pitäisi tavata kaikki läheiset sukulaisia ja ystäviä myöten. Juhla, jota ei pitäisi joutua viettää yksikseen ajatustensa kanssa.

Oli ollut aika, jolloin odotin joulua ja siihen liittyviä tehtäviä. Odotin, että pääsin jouluostoksille, katselemaan, mitä ostaa rakkaimmalleni. Odotin, että ottaisin töistä sairaslomapäivänä, että pääsisin rauhassa kiertelemään kauppoja ja katselemaan, pohtimaan, mistä hän mahtaisi ilahtua

Tänä vuonna minulla ei ollut siihen tarvetta.

Kävin ostamassa nipun joulukortteja, että josko niiden kirjoittaminen toisi minulle jouluisen tunnelman. Kaivoin hyvissä ajoin esille joululaulu cd:ni ja istuin tupapöydän ääreen, cd soiden, kynttilä palaen ja osoitekirja edessäni. Selailin muistikirjaa, mutta siitä keksin kaksi osoitetta, joihin voisin kortin lähettää.

"Ei tässä paljoa jouluolo tule" ajattelin ja katselin kahta kirjoittamaani korttia.

Yritin nuoruudestani tutuilla koristeilla koristella taloa, mutta en keksinyt koristeille oikeita paikkoja. Johanna miehineen koristeli pihalla olevan kuusen. Katselin sitä portailla tupakoidessani ja päätin, että se saa olla minunkin joulukoristeeni.

Ostin itselleni kinkun, jonka pistin uuniin paistumaan suurta juhlayötä vasten. Haistelin kinkusta leviävää tuoksua ja muistelin, kuinka äitini valmisti joulua antaumuksella, siivosi kaikki paikat, kuurasi joka kolon. Isäni tehtävänä oli joulukinkku ja joulukuusi.

Muistin, että minulla oli ollut usea hyvä joulu ennen kuin… ennen kuin syöpä söi äiti pois.

***

Aatto aamuna kaivoin valmiin kinkun uunista ja katselin

sitä hellan päällä.

"Ei vittu" ajattelin. "Taisi tulla pikkaisen intouduttua. Ton kokosta lihakimpaletta mä syön vielä kesällä".

Seisoskelin tupakalla portailla, kun Johanna ja hänen miehensä lastasivat itseään autoonsa. Paketteja, matkalaukkuja ja tarjotin, jolla oli lohi. Johannan mies jurnutti lumen keskeltä auton tielle johon jäi tyhjäkäynnille seisomaan ja odottamaan, kun Johanna kahlasi autonrenkaan jäljessä minua kohden.

"Me mennään kaupunkiin jouluksi. Tullaan kyllä takas ennen uutta vuotta. Että jos sulla ei o mitää tekemistä sillon, ni tuu meidän kanssa ryyp... eh... valamaan tinat ja ehkä saunaan".

Mielessäni välähti kuva yhteissaunasta, mutta en sanonut mitään.

"Mikä ettei, ei mulla sen kummempia ole." Vastasin "Kiitos kutsusta".

"Ei mua kyllä yhtää huvittais lähtee kaupunkiin. Siellä joutuu tapaamaan kaikki sukulaiset ja niiden sukulaiset ja vielä lisää sukulaisia. Tappeluksi se jossain välissä menee, uskoisin.... mutta jos nyt kerran vuodessa." kertoi Johanna vilkaisten kohti tietä, missä heidän autonsa tuprutti pakokaasua. "Suurin osa niistä on kuitenkin

Joken sukulaisia, ne on niin sukurakkaita. Jos vaikka tädin naapurin kissa saa pennut ni eikö ne perkele ole kokoontumassa ja…. kai mun pitää alkaa menee" hän jakoi vilkaisten taas auto kohden, jonka torvea Jokke oli töötännyt. "Mut hei, hyvät joulut sulle. Se on tosi kiva, että päätit muuttaa tähän. Tää on sulle" lopetti hän ojentaen taskustaan kaivaman pienen punaisen, vihreällä nauhalla suljetun paketin.

"Ei, hei…" yritin panna hanttiin, sillä niin kuului aikuisen tehdä, kun sai lahjan, vaikka olin iloinen, että sain paketin, että joku oli ajatellut minua ja piti minusta niin paljon, että oli vaivautunut paketin hankkimaan. "Ei mulla o sulle mitää".

"Äh, ei se haittaa" Johanna vastasi vilkaisten tielle, mistä kuului uusi kärsimätön tööttäys, "mun on nyt rynnättävä, ennen ku toi lähtee ilman mua…. mikä ei sekää ois ihan huono vaihtoehto".

Katselimme toisiamme silmiin. Mietin, että olisiko tämä se hetki, jolloin pitäisi halata, mutta en nähnyt Johannan silmissä mitään kutsua asiaan. Epäilin, että kaikki jotka sanovat näkevänsä naisen silmissä kutsun, valehtelevat.

Minä näin vain Johannan silmät.

"No…. hyvää joulua, sano Jokelle terveisiä"

"Juu, sanon" ja hän lähti.

***

Vietin loppu aaton katselemalla DVDeiltä elokuvia. Katselin ohjelmia, joissa kuvattiin ystävyyttä ja rakkautta. Kyynelehdin ja niiskutin ja tunsin itseni häviäjäksi. Jos minulla olisi ollut viinaa, olisin varmasti nostanut maljan itselleni, häviäjälle. Mutta minulla ei ollut enkä muutenkaan ymmärtänyt, miksi jouluna, hartaimpana juhlana kaikista juhlista piti viinaa juoda. Istuin siis sohvalla, kalsareissani, vieressäni lautanen jolla joulukinkku, josta kaiversin siivun silloin, toisen tällöin. Jalkani vieressä oli maitotölkki, josta suoraan join. Ja valutin kyyneleitä katsoessani, kuinka ihmisillä televisiossa oli ystäviä, jotka välittivät. Kuin toisilla ihmisillä samassa televisiossa oli rakkaita. Kuinka samassa televisiossa, mutta eri ihmisille, heidän kuolemansa jälkeen oli omistettu joku ohjelma. Tunsin itseni surkeaksi omaiseksi ja lapseksi, kun en ollut muuta pysyvää muistoa saanut isälleni pystytettyä kuin hautakiven.

***

Mutta itsesääliäkään ei riitä loputtomiin. Ei ainakaan sitä itsesääliä, jonka löytää näyttelijöiden näyttelemien ihmisten onnesta. Kannoin kinkun jääkaappiin ja tyhjän puolentoista litran maitotölkin odottamaan saunassa polttamista.

Niiskautin vielä kerran ja sammutin valot, että näkisin paremmin ulos.

Johanna oli jättänyt naapuriin pihajoulukuuseen valot päälle ja sen punaiset keltaiset valot loivat lämpiämän sumuisen hohteen pakkaslumeen. Vastoin sääennusteita, lumisade oli loppunut ja pilvipeite revennyt paljastaen tähdet.

Puin päälleni isäni lämpimän takin ja astuin ulos.

Oli aivan hiljaista. Ainoastaan jostain kaukaisuudesta kuuluva pakkasen puussa aiheuttama paukahdus rikkoi hiljaisuuden.

Kävelin hitaasti, varoen aiheuttamasta ääntäkään tielle ja käännyin oikealle, kohti tien umpikujaa. Sinne ei mennyt autonrenkaan jälkiä ja toiseenkin suuntaan menevät Johannan auton jäljet olivat pehmenneet liki näkymättömiin.

Kävelin umpikujaan umpihangen lävitse, jonne pysähdyin, sytytin tupakan ja käänsin katseeni ylös. Olin kaupungissa asuessa täysin unohtanut, kuinka paljon tähtiä oli. Puut olivat saaneet ylleen paksun lumen, näyttivät postikorttikuvilta ja aavemaisilta yössä. Olin varma, että puiden seasta minua katselivat metsä asukkaat sekä metsän henget. En pelännyt, en uskonut, että ne aikoivat päälleni käydä, lähinnä ihmettelivät, että mitä tuo tekee kylmässä lumessa keskellä yötä.

Ilmeisemmin joulu oli myös hengillä, sillä en ollut Maarittia nähnyt pariin päivään, vaikka olin toivonut. Varsinkin tänään olin toivonut, että hän olisi tullut tervehtimään, että olisi edes joku tullut katsomaan minua jouluna.

Katselin tähtiä, toivoin näkeväni tähdenlennon.

Ainoa mikä liikkui taivaalla oli kirkas piste, jokin satelliitti yksinäisellä, mutta tarkoituksenmukaisella taipaleellaan taivaankannen halki. Poltin tupakkani yhä ylös katsellen ja toivotin vanhemmilleni hyvää joulua.

***

Kotona avasin Johannan paketin. Hän oli maalannut minulle pienen pienen kuvan pihapiiristäni taloineni ja pihakiikkuineni avaimenperään, jossa oli myös pullon avaaja. Mykistyneenä katselin avaimen perää ja sen miniatyyri maalausta. En omistanut suurennuslasia, mutta uskoin, että kiikussa istuin minä.

Vuotta myöhemmin

Nojasin haravaani hautausmaalla ja katselin kylän raitilla pörisevää mopoautoa. Juha oli pitänyt lupauksensa. Hän oli saanut määrärahan ja olin aloittanut hautausmaan jokapaikanhöylänä. Haravoin, keräsin kuolleita kukkia haudoilta, BobCatillä kaivoin isot kuopat arkuille ja kairalla kairasin reiät uurnille. Olin oppinut näyttämään surulliselta ja osaaottavalta. Olin myös ottanut opikseni isäni hautajaisista ja pidin huolen, että työkalut olivat piilossa kun maahanlasku tilanne tuli. Olin myös saanut siivottua isonpuoleisen komeron kirkon pääoven vierestä, johon olin järjestänyt tilan uurnan luovuttamista varten, että mustaa HiAcea ei enää käytetty. Olin tyytyväinen elämääni, asiat olivat sutjaantuneet oikeastaan aika hyvin.

***

Kaupungista tulleet tavarani olivat tulleet talolleni isolla kuorma-autolla ja kolme miestä oli hikoillut ja liukastellut pihalle sataneen sohjon (talvi oli tullut epätavallisen aikaisin ja ollut epätavallisen pitkä ja kylmä) lävitse kantaen laatikoita ja huonekaluja sisälle. En ainakaan kuullut kiroilua, mutta ei heistä kukaan kanssani oikeastaan puhunut saatika katsekontaktia ottanut, kantoivat,

hikoilivat ja liukastelivat vain ja lähtivät pois antaen
käyntikortin, jossa oli numero, johon soittaa kun olin
saanut laatikot tyhjiksi, että tulivat ne pois hakemaan.
"Kuukausi teillä on aikaa, sitten perimme lisämak-sun".
Tavarat olivat aika nopeasti löytäneet paikkansa talos-
sani. Osan edelleen vein kirkon kirpputorille, osan myös
vanhempieni tavaroista edelleen vein sinne. En kokenut
tarvitsevani niin paljoa astioita saatika kahta sohvaa,
omani pidin, vanhempieni poistin. Taikka televisiotasoa,
omani pidin, vanhempieni poistin. Oman sänkyni olin
asettanut vanhempieni makuuhuoneeseen. Isäni yksin-
huoltajasängyn olin sahannut ja saunassa polttanut. Pit-
kän harkinnan jälkeen olin makuuhuoneeni muuttanut
vanhempieni makuuhuoneeseen.

Kaupungissa oleva asunto oli myyty ja siitä saamilla ra-
hoilla olin maksanut siitä olevan asuntolainan pois ja lo-
puilla rahoilla olin kunnostanut saunan, ostanut sinne
uuden kiukaan ja palkannut puusepän pistämään uudet
lauteet ja päällystämään pesutilan uusilla puilla. Lisäksi
olin vedättänyt sinne putket, että sain sinne juoksevan
veden ja sen mukana suihkun. Operaattorin avustuksella
olin asentanut wifi-yhteyden, joka ulottui kaikkialle ton-
tillani.

Kaikki oli kunnossa, olin tyytyväinen.

***

Olin kautta rantain yrittänyt kysellä Johannalta, että kummitteliko heidän talossaan.

"No ihme kyllä ei." hän oli pitkän hiljaisuuden jälkeen vastannut, kun eräänä sunnuntai-iltapäivänä olin kertonut hänelle heidän talonsa historian. "Siis…" hän yritti aloittaa, mutta ei keksinytkään mitään sanottavaa. En kertonut hänelle mitään Maaritista, joka minua katsomassa kävi.

***

Maarit kävi minua katsomassa, mutta sen jälkeen kun olin muuttanut vanhempieni makuuhuoneeseen, en ollut enää herännyt tuijotukseen. Olin nukkunut rauhallisesti ja harvoin unia nähden.

Olin tehnyt vanhasta huoneestani yhdistetyn vierashuoneen, ihan kuin minulla nyt vieraita edes kävisi sekä kirjaston. Työpöydästäni siellä en ollut luopunut, kuvittelin sen olevan samanlainen kuin pöytä hotellihuoneessa, jolla vieras voisi kirjoittaa vaikka kirjeen kotiin. Tosiasiassa pöytä pysyi paikallaan, sillä silloin tällöin istuin sen ääressä kahvin ja sämpylän voimin pimeässä tuijottaen ikkunaa, kuin televisioita, odottaen, että Maarit ilmestyisi.

Kyllä hän välillä tuli, välillä ei. En koskaan nähnyt hänen ilmestymistään. Hän aina ilmestyi silmän räpäysten välillä. Samalla tavalla hän myös katosi.

Räps ja hän oli siinä.

Räps ja hän ei enää ollut.

Mutta räpäysten välillä hän oli, puolesta tunnista kahteen tuntiin saakka, katsellen minua, minä häntä.

Olin yrittänyt puhua hänelle, vilkuttaa ja ottaa kontaktia saadakseni selville, mitä asiaa hänellä oli, mikä asia oli jäänyt kesken ja hoitamatta. En pelännyt häntä eikä hän tehnyt mitään pelottavaa. Itseasiassa hän ei liikkunut ollenkaan, leijui siinä, paikallaan, muuttumattomana.

***

Tiesin, että Johannan aviomies oli ollut mustasukkainen isälleni, kun Johanna hänen poissaolessaan vietti niin paljon aikaa hänen kanssaan. Tiesin myös, että Jokke oli mustasukkainen enemmän minulle, sillä olinhan oikeaa ikäluokkaa Johannan kanssa. Toivoin, että se tilanne rauhoittuisi, jahka Johanna kantamansa lapsen synnyttäisi.

Itse en ollut löytänyt uutta rakkautta, mutta en myöskään enää ikävöinyt entistä vaimoani enkä tehnyt

ylimääräisistä vuodevaatteista vara-vaimoa, jonka
kanssa nukuin.

En myöskään enää iltaisin tunnustanut kuollutta rak-
kauttani vaimolleni.

Isä otti ja kuoli, meni vuosia äidin perässä. Ilmeisesti olisi pitäny pitää yhteyttä enemmänkin, mutta nyt lienee myöhäistä ja hautajaisetkin pitäisi järjestää. Ei yhtään kiinnostaisi kotikylään mennä, mutta saa tällä töistä vapaata.

- Kertomus elämän muuttumisesta hippasta päälle vuoden sisällä. Kuolemasta, rikkoutumisesta, uuden löytymisestä ja muutoksen mahdollisuuteen tarttumisesta ja sen hyväksymisestä. -